新刻全像忠義水滸傳十一卷

宋江山下相見雷横

○第四十七回　雷横枷打白秀英　朱同悮失小衙内

英雄豪杰起多方　龍虎山下走衆侠　堪豎飛入山東界
挺匕黄金架海梁　幼讀經書明禮義　長為吏道志軒昂
名揚四海称時雨　歲匕朝陽集鳳凰　運蹇時乖遭迭配
如龍失水困泥岡　曾將玄女天書受　慶向梁山水滸藏
報冤率衆臨曹市　雪恨興兵破祝庄　誠哭西陲屯介胄
等閑東府列刀鎗　兩贏童貫排天陣　三敗高俅在水鄉
施功边塞遼兵退　報國清溪方臘亡　行道合天呼保義
高名留得萬年揚

却說宋江听了大喜與軍師吳用下山迎接見是雷横便拜曰自别尊顔常時雲樹之思今日緣何经過賊処雷横答曰小弟蒙知県差往東昌府公幹回经路口嘍囉攔討買路錢小弟提賤名朱兄堅意留住宋江曰天賜得会請到大寨與衆頭領相見了置酒款待晁蓋勒問朱仝消息雷横曰今朱仝已条做本県當牢節級宋江說雷横入夥雷横曰奈有老母年高待母終後却来相投遂拜辞下山衆頭領相贈金銀送至路口拜辞而去晁蓋宋江回到大寨請軍師呉用商議大事眾頭領聽令宋江曰孫新顧大嫂夫妻

新刻水滸全傳　十一卷

替同童威童猛别用再令時遷去封助石勇樂和去封助朱貴鄭天寿去封助李立東西南北四座酒店招接好漢入夥一丈青王矮虎山後下寨監督馬匹金沙灘小寨童威童猛守把鴨嘴灘小寨鄒淵鄒潤守把山前大路黄信燕順解珍解寶守把山前第一關杜遷宋万守把第二關刘唐楊雄守把大寨口第三關阮氏三雄守把南水寨孟康仍前監造戰船李應杜興蔣敬掌管錢粮金帛陶宗旺薛永造梁山泊城垣侯健監製衣袍鎧甲朱富宋清提調筵席楊林李雲監造房屋蕭讓金大堅掌管書信公文裴宣掌管軍政司賞功罰罪各頭領分撥已定每日輪流筵席賞賀不題却說雷横離了梁山泊回到鄆城縣回了公文出来只見李小二叫曰都頭幾時回雷横曰昨日回家李小二叫曰都頭今日東京新来到有一婦人叫做白秀英在构欄說唱諸般品調多有人看雷横听了径到构欄来作山龍頭上第一位坐了看戲臺上做笑樂院本老兒上来開場曰老漢乃東京人氏白玉喬便是如今年邁只憑女兒秀英歌舞吹彈普天下伏侍看官鑼声响处白秀英上戲臺曰今日秀英招牌上明寫這場話本是一段風流蘊藉格範喚做豫章城双漸赶蘇卿說了又唱唱了又說衆人喝采不絕雷横看那婦人果然生得色艺雙全

雷横同小二看做戲

那秀英唱到務頭白玉喬喝曰雖无買馬博金艺要動聰明鑑事人我們且下臺来曰秀英拿起盤子指曰到這里前休教空過秀英先到雷横前面雷横便去身边摸時不想錢无一文便曰今日忘了帶来明日一并賞你秀英曰官人坐當頭位先出標首雷横面皮通紅

雷橫被枷母親送飯

便曰我一時忘了帶來非是我捨不得秀英曰官人既來听唱怎不帶錢來白玉喬叫曰我兒你自沒眼不看是城裡人村裡人只管問他討甚麼且過去自問曉事的恩官告個標首雷橫曰我怎麼不是曉事的白玉喬曰你若曉得這子弟門庭狗頭上生角雷橫大怒罵曰這狂奴怎敢辱我便跳上戲臺揪住白玉喬打得唇綻齒落眾人劝解雷橫回去原來這白秀英却和新任知县旧在東京來往因此來鄆城縣開勾欄那娼妓見雷橫打得父親傷重逕到知县衙內告雷橫毆傷父親大鬧勾欄意在欺騙知县听了大怒便令白玉喬寫了狀子驗了傷痕指定証見怎當那娼妓守定衙門撒嬌撒痴立等差人把雷橫押到官廳知县責打取招枷号示眾秀英又対知县說把雷橫号令在鈎欄門首這禁子人許都是和雷橫一般的公人如何肯依秀英走坊裡坐下叫禁子曰你和他有首尾放他我自少時対知县將你們問罪禁子怕曰娘子不必去告我自枷他去便了只得來対雷橫說兄長沒奈何且胡亂枷你在婦人門首一日那雷橫母親正來送飯看見了恁地便罵禁子曰你眾人都是我兒子在衙門出入的人誰你得全无牽挂子曰老娘我們却也要容情爭奈原告不容婆七曰那見原告自監号令的道理這賤人倚着官勢我且鮮了索子看他怎的白秀英在茶坊裡听得走將來罵曰你這老娼說甚麼那婆七便指罵曰你這千人騎的潑賤怎敢罵我白秀英柳眉倒竪星眼圓睁向那婆七打婆七却待掙扎被白秀英劈拳亂打這雷橫是個孝心的人見母親吃打一時怒起扯起枷來望

朱仝私自放走雷橫

白秀英腦盖上打將下去打得秀英腦漿迸流眼珠突出眾見打死白秀英押雷橫來見知县備訴前事知县隨即差使并仵作來檢明了傍斷責成招監下放娘回家當牢節級却是美髯公朱仝排些酒食欵待雷橫七母來牢送飯哭告朱仝央他看顧孩兒朱仝曰老娘放心今後飯食不必送來小人自將去倘有方便处即行救放婆七拜謝去了朱仝尋思沒救他处自央人去知县处說關節知县雖愛朱仝只恨雷橫打死他表子要斷雷橫償命解上濟州撥那即令朱仝押送朱仝引眾人監押雷橫上路行了十数里見個酒店朱仝賺眾人都到店裡吃酒遂帶雷橫去僻靜处開枷放了雷橫分付曰賢弟快去家中帶老母投梁山泊去安身雷橫曰小弟走了累你們官朱仝曰知县把文案做死了解到州裡定要你償命我因此放你况我无父母挂念家私盡可陪償雷橫拜謝從後門奔回家裡收拾包裹引老母星夜投梁山泊去朱仝便対眾人曰雷橫走了眾人曰我們去他家裡捉朱仝故意延半晌引眾人來县出首朱仝告曰雷橫走了小人情愿甘罪知县本愛朱仝有心將就他白玉喬要赴上司処告知县只得把所犯情由申詳解濟州去朱仝使人去州裡上下使錢知府便當廳審問明白將朱仝打了二十脊杖刺配滄州牢城帶上行枷兩個防送公文領了公文押送朱仝上路來滄州橫海郡來滄州知府陞廳公人押朱仝呈上公文知府看了朱仝一表非俗先有八分欢喜便令犯人休发了牢城留在本府听用令除去行枷典了回文兩個公人自回朱仝自此只在府中伺候呼喚知府坐堂喚朱仝上前問

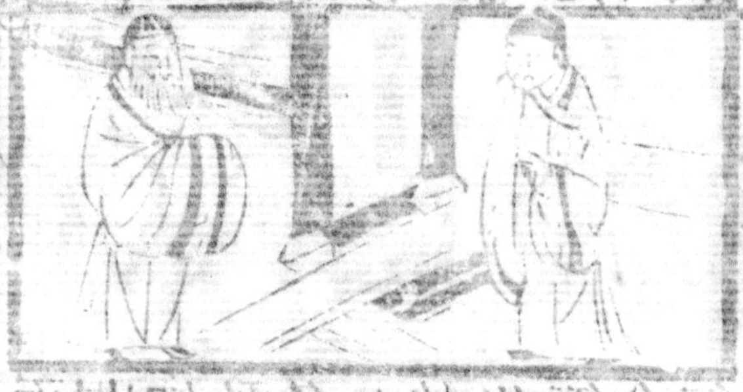

仝欲打逵吳用相勸

錄避柴進曰平生好結江湖好漢為是祖上有陳橋讓位之功先朝勅賜丹書鐵券但有做下不是的人停藏在家無人敢搜近聞有個愛友和足下交厚見在梁山泊做頭領名喚及時雨宋公明今吳學究雷橫黑旋風礼請足下不從故意教李逵殺死小衙內先絕足下歸路便叫吳先生雷兄知何不出來陪話只見吳用雷橫出來望着朱仝便拜曰望乞仁兄恕罪朱仝曰虽是你們兄弟好情意只是忒毒害我柴進力劝朱仝曰我去則去教李逵見我一面便去柴進曰李大哥快由來陪話李逵由來施礼曰休怪朱仝見了大怒便要相併柴進吳用劝住朱仝曰若要我上山只依我一件事吳用曰便是十件也要从命畢竟朱仝說出那一件事且聽下回分解

○第四十八回　李逵斧打殷天錫　柴進失陷高唐州

朱仝曰若要我上山殺了李逵出這口氣便去李逵大怒曰奉晁宋二位哥々將令不怕你朱仝発怒又要和李逵廝併三個又劝住柴進暗地曰我有道理且留下李大哥在我這里你們三個自上山以滿晁宋二公之意柴進備酒相待三個傍晚各自兩別吳用分付李逵曰你且小心在此几日不可胡乱惹事等他性定却來取你就請柴大官人入夥三個上馬投梁山泊來到朱貴酒店使人上山報知晁蓋宋江引大小頭目直到金沙灘迎接朱仝到聚義廳上敘說旧情宋江便請朱仝雷橫山頂下寨安排酒筵慶賀不題且說知府不見朱仝抱小衙內回來差人四路去尋次日人報來死在林子裡知府大怒親自到林子看了痛哭不已備棺收斂回府隨即押了公文發

各処捕捉朱仝却說李逵在柴進庄上住了一月忽見一人背書急入庄來柴進接書看了大驚李逵問曰有甚緊事柴進曰我叔柴皇城在高唐州居住今被本州知府高廉的妻舅殷天錫要占花園氣病在床急書喚我親去看他李逵曰我跟大官人同去如何柴進曰最好遂教收拾行里帶几個庄客星高唐州入城直至柴皇城宅前下馬的李逵和从人在耳房听候柴進自入卧房看視叔々柴皇城放声大哭嬸々來劝柴進曰大官人鞍馬劳頓且省煩惱柴進收淚施礼罷便問緣由嬸々訴曰新任知府高廉兼管本州兵馬是太尉高俅叔伯兄弟帶妻舅殷天錫來人都称他做殷直閣那斯倚仗姐夫权勢在此橫行他見我花園第宅帶將二三十人逕入宅後看了就要発遣我們出去他要來住你叔上說我家金枝玉葉有先朝丹書鐵券誰人敢占我住宅那斯不容分訴反被毆打因此受氣一卧不起今得賢侄來家做個主張柴進曰尊嬸放心調治叔々小侄和他理会由來和李逵說知備細李逵听了大怒曰這廝好没道理教他吃我几板斧便了柴進曰李大哥且息怒他虽倚仗官勢我家有護持圣旨條例李逵曰條例條例若还依得天下不乱那斯再來只顧乱打柴進止曰這是禁城之中比不得你山寨上李逵曰江州

柴進自入卧房見叔

无為軍偏我不曾殺人正說之間侍妾慌忙來請大官人看視叔々柴進入到卧榻前皇城流涕與柴進曰賢侄軒昂不辱祖宗我今日為殷天錫氣死你可看骨肉之面親賚御書往京師告狀與我報冤九泉之下死亦瞑目言罷而死柴進痛哭備辦棺槨挂孝壆冦星夜教人去取丹書至

知府差人去捉柴進

第三日殷天錫騎定馬引三十人手抚弾弓遊或帶五七分酒到柴皇城宅前勒住馬叫裡面管家出來說話柴進听得穿着孝服忙來答应那殷天錫問曰你是他家什麼人柴進曰小可是柴皇城親侄柴進殷天錫曰我前日分付教他搬出屋去如何不依我言柴進曰前日家叔卧病不敢移動夜來身故待斷七了搬去那殷天錫曰放屁我再限你三日便要出屋三日外不搬出去把你這厮枷号起柴進便曰直閣休恁這等相欺我家也是龍子龍孫非比等閑况有太祖皇帝丹書鉄劵誰敢不敬殷天錫喝曰你將鉄劵出來我看柴進曰見在家裡已使人去取了殷天錫喝曰胡說左右與我着实打這厮那三十人却待要動手李逵已在門縫裡看見心中大怒便撞開房門大吼一声早把殷天錫揪下馬來打一会那衆人看見打得兇都走了李逵提起拳頭脚尖把殷天錫一頓打死在地下柴進便叫李逵快走梁山泊去李逵曰我走了連累你柴進曰我自有丹書鉄劵護身没事李逵取了双斧出後門投梁山泊走了不多時二百餘人各執刀鎗棍棒圍住柴皇城家柴進出來曰我同你府裡去分訴衆人却入家裡捉行兇黒大漢不見了只把柴進綁到州衙內跪下知府喝曰你怎敢打死我殷天錫柴進曰小人是柴世宗嫡派子孫太祖賜有丹書鉄劵在家是叔〻柴皇城病重因來看視不幸身故殷直閣却帶三十人到家要趕逐出屋不容分說喝令衆人把我歐打被庄客李大救護一時行兇打死逃走高廉曰他是個庄客不是你喝令如何敢打死人你又放他走了却來瞞昧官府喝教獄卒打一百

新刻水滸全傳　八十一卷　五

林冲秦明大戰文寶

棍柴進叫曰庄客李大救主悞打死人非干我事放着太祖皇帝御書如何便下刑法廉曰御書在那里柴進曰已使人去取來高廉大怒喝曰這厮只是抗拒官府喝教左右打得柴進皮開肉綻鮮血迸流招使令李大打死殷天錫教取囚枷釘了監下大牢裡殷夫人要與兄弟報仇教了天抄扎柴皇城家私監禁人口占住房屋却說李逵連夜逃回梁山泊那宋公了見李逵大怒李逵睜眼叫曰我不怕你宋江劝住叫李逵且看我面與他復個礼李逵只得撇下斧拜了朱仝兩拜朱仝方纔消氣李逵說柴大官打死殷天錫緣由說了一徧宋江听罷驚曰你自走回連累柴大官〻司受刑吳用曰昔戴宗回來便知分曉言未畢只見戴宗回報曰小弟去到柴大官庄上听見人說殷天錫被黒大漢打死見今負累柴大官陷在牢裡性命難保宋江曰柴大官今日有难如何不救吳用曰高唐州軍多粮足不可輕敵煩請林冲花栄秦明李俊呂方郭盛孫立歐鵬鄧飛馬麟白勝十二位頭領部領馬步軍五千做前隊先鋒中軍主帥宋公明吳用朱仝雷横戴宗李逵張横張順楊雄石秀十位頭領部領馬步軍三千策应當日衆頭領下山望高唐州進発前軍已到高唐州扎下营寨高廉听知傳下号令整点軍馬出城迎敵高廉手下有三百護身軍士号飛天神兵都是選來的精壮怎生结束但見

頭披乱髮　腦後撒一把烟云　身襲葫芦　背上藏千條火焰　黄抹額斉分八卦　豹皮裙尽按四方　左右列千層黒霧　疑是天蓬离紫府　正如月孛下雲衢

高廉馬上作法大戰

高廉引三百神兵出城外排成陣勢林冲執蛇矛躍馬出陣高廉出馬罵曰不知死的草賊怎敢犯我城池林冲喝曰你這害民的強盜我特拿你碎尸萬斷高廉大怒問曰誰人出馬統制官于直拍馬出陣兩個戰不到五合被林冲刺了馬下統制温文宝挺鎗出陣秦明來迎兩個約鬥十合秦明手起棍落把文宝打死馬下高廉見折二將掣出宝劍來口中念詞喝声只見隊中捲起一道黑氣怪風大作飛沙走石林冲花荣对面不能相見回身便走高廉把劍一揮三百神兵殺將出來林冲人馬大敗退五十里下寨高廉大勝收兵入城宋江中軍人馬到來林冲等接着具說前事宋江大驚吳用曰此是妖法若能回風返火便可破敵吳用打開書看有迴風返火破陣之法宋江大喜次日引人馬殺奔城下來高廉出城列成陣勢宋江出陣見高廉出陣挂着聚獸銅牌背着宝劍宋江指高廉罵曰昨日我軍未到兄弟悮折一陣今日決不饒你高廉喝曰你這夥反賊兎汚我刀把劍一揮口中念詞喝声黑氣捲起怪風大作宋江見了念動咒語左手揑訣右手把劍一指喝声那風倒回高廉陣中去宋江却驅人馬殺去高廉見回了風急取銅牌把劍敲動捲起一陣黃沙走出一群猛獸毒蛇直冲過來宋江與衆頭領不能相顧奪路而走人馬大敗高廉得勝回城宋江來到土坡下寨與吳用商議曰今番遭折兩陣這厮今夜必來劫寨我等去旧寨駐扎傳令只留楊林白勝守寨其餘人馬退去旧寨屯住且說楊林白勝引衆埋伏草坡内等到一更時分風雷大作楊林白勝伏在草裡看時只見高廉引三百神兵殺入寨内見是空寨回身便走楊林白勝吶喊乱放弩箭射去一箭正中高廉左臂衆軍冒雨赶殺高廉大敗逃走少刻雨過雲收復見一天星斗草坡前擲番射死提得神兵二十餘人解赴宋江寨内俱說雷雨之事宋江大驚楊林說高廉被我射了一箭走回城中宋江分付楊林白勝將捉來神兵斬了分付衆頭領下了七八個小寨隄備便人回山寨取軍馬高廉中箭回到城中養病令軍士守把城池待箭瘡平復眿後出兵宋江見攻城不克心中憂悶且听下回分解

李逵背戴宗吃酒肉

○第四十九回

戴宗智取公孫勝　李逵斧劈羅真人

堪嘆人心毒似蛇　誰知天眼轉如車
去年妄取東鄰物　今日还歸北舍家
无義取錢湯潑雪　倘來田地水推沙
若將狡猾為生計　恰似朝雲與暮霞

吳用対宋江曰要破此妖法除非尋取公孫勝來方可破得宋江曰不知那里尋得見吳用曰公孫勝是個清高的人必然在名山居住今可令戴宗前去遠薊州管下名山仙境不愁不見宋江隨請戴宗商議戴宗曰小可須往同一個件去方好李逵便曰我與哥哥同去走一遭戴宗曰你跟我去須吃素听我言語李逵曰都依你便了當日戴宗李逵藏了兵器拴縛包裹投薊州來行不到五十里李逵立住腳曰哥哥買碗酒吃也好戴宗曰你跟我作神行法只吃素酒李逵曰吃些酒肉也不妨天色昏[illegible]個客店[illegible]一角酒來吃李逵托一碗素菜來房裡吃戴宗曰你如何不吃[illegible]

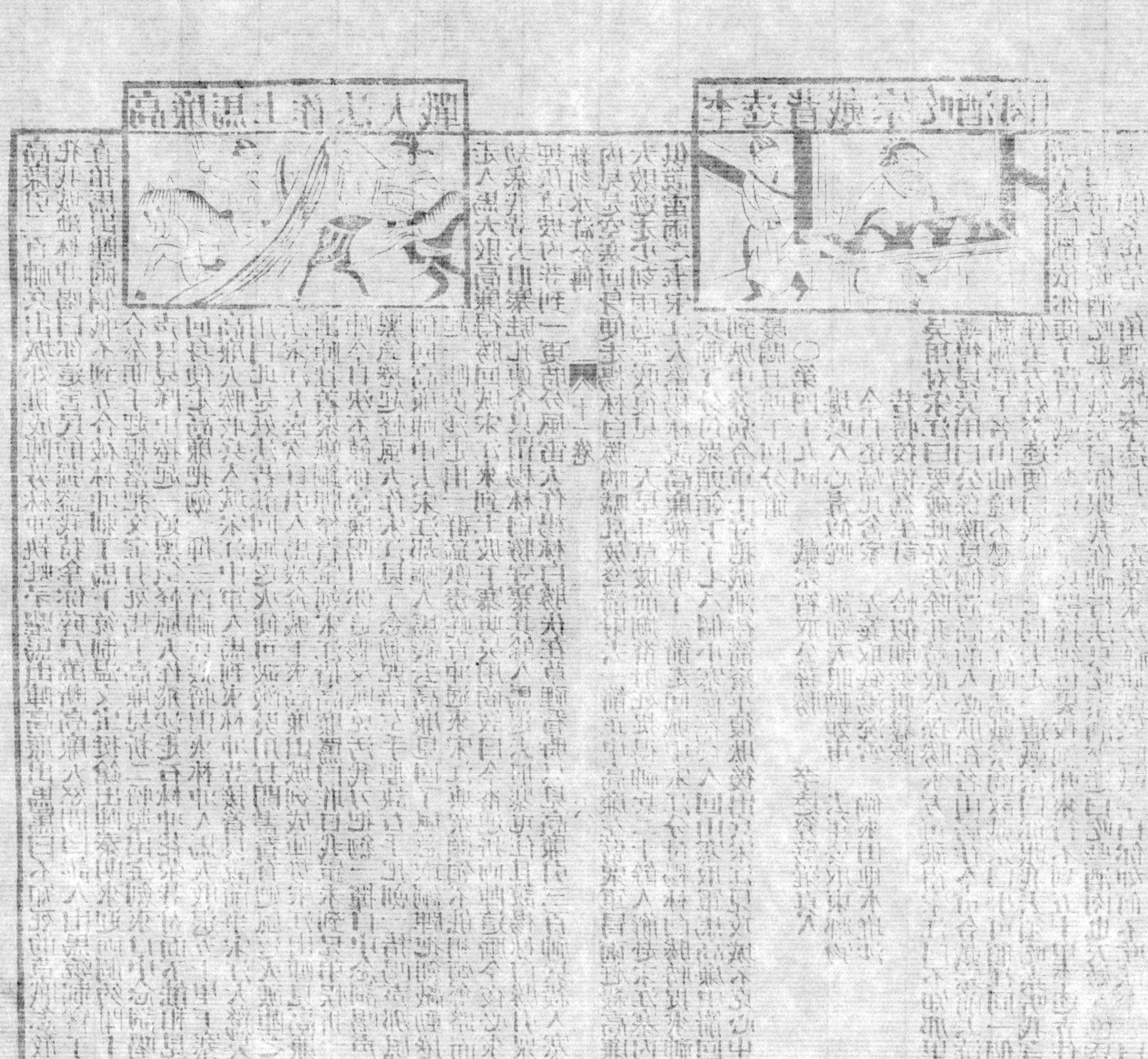

李逵戴宗二人行路

我且不要吃飯戴宗尋思曰必然瞞我他背吃葷後面張時見李逵討兩酒一盤牛肉自吃戴宗也不說破他自去睡了李逵吃了酒肉來房裡睡到五更時分戴宗起來叫李逵做飯莽還店錢閉店行了三里戴宗曰昨日不曾使神行法今日須要趕程我與你作法行八百里便住戴宗取四個甲馬縛在李逵腿上分付曰你前面酒食店等我便念咒吹口氣在李逵腿上拽開腳步如騰雲一般去了戴宗笑曰且着他忍一日飢自拴甲馬隨後赶來李逵不知這法只道和他取路一般只听耳边風雨之声脚底下如雲催霧趲李逵几回要住看見酒肉飯店又不能勾入去買吃看看到走紅日平西又飢又渴戴宗赶來叫曰李大哥怎的不買些点心吃李逵曰哥哥餓死我也戴宗怀裡摸出餅來分與李逵充飢李逵曰哥哥饒我住一住戴宗曰我這法第一不可吃牛肉直要走十万里方換得住李逵曰我昨夜不合瞞哥哥自個偷錢買些牛肉吃了正是怎么好戴宗曰怪得今日連我的腿也收不住只得去天尽頭処走一遭去二五年回來得李逵叫聲叫起苦來戴宗笑曰你依我不要吃葷饌得這法住李逵曰今後再吃時嘴上生疔瘡再不敢吃戴宗曰既恁地且饒你一遍退後一步把衣袖去李逵腿上只一拂喝声住李逵却似釘住一般兩脚立定地下那移不動戴宗曰我先去你且慢來李逵只待移脚那里移得動大叫曰又是苦也哥哥救我一救戴宗笑曰今番依我說么李逵曰你是我親爺再不敢違你言語戴宗便把手挽了李逵喝声起兩個輕輕的移走去了二人到店投宿戴宗辦了

戴宗李逵入店吃麵

腿上甲馬燒化紙錢便問李逵曰今番如何李逵曰這兩腿方才是我的了當晚二人叫店主安排素酒飯吃了安歇次日兩個又上路行不到三里戴宗取出甲馬曰兄弟我今日與你只縛兩個却慢行些李逵曰我不縛了戴宗曰你若不依我教你釘住在這里等我去薊州尋見公孫勝回來放你李逵忙叫曰我依我依戴宗與李逵只縛兩個甲馬作起神行法與李逵一同走原來戴宗的法要行便行要止便止李逵從此不敢有違來到薊州城外投歇次日入城戴宗扮作主人李逵扮作僕者遶城尋了一日並无公孫勝二人回店次日城外近村尋覓問過猴十处並沒人曉得當日晌午兩個入麪店買熱麪吃只見裡面坐滿戴宗見個老丈與他施礼兩個对面坐了叫討麪來等了半日不見麪來李逵只見托麪裡頭去心中焦燥又見托一碗熱麪放在对坐老人面前那老人也不謙讓便吃李逵性起罵曰老爺等了半日把那桌子一拍濺着那老人一臉熱汁那麪都潑翻了老兒大怒便來揪住李逵喝曰你是何道理打番我麪李逵怒起拳頭要打老兒戴宗慌忙喝住與他陪話曰老丈休怪賠還你麪老人曰客官不知老漢路遠吃麪回去听講長生不老之法怕遲悞了程途戴宗曰老丈何処人氏去听誰人講法老人曰是薊州管下九宮縣二仙山人氏因來城中買香回去听羅真人講長生不死之法戴宗曰莫不是公孫勝也在那里么老人曰公孫勝與老漢是隣舍他有個老母別号一清道人此是俗名无人曉得戴宗又問二仙山此去多少路一清道人在家么老人曰二仙山离縣四十五里便是一清道人

戴宗李逵見孫勝母

一他是維真人上首徒弟不离左右戴宗大喜催麪來和老人一同吃了筭还麪錢各辞而別戴宗李逵回店取了行李投九宮縣二仙山來戴宗作起裡行法四五十里片時來到二仙山下只見樵夫戴宗問曰此間一清道人在那里樵夫指曰只過這個山嘴門外有條石橋便是二人來到橋边見個村姑提籃新果子出來問曰娘子一清道人在家么村姑荅曰在屋後煉丹戴宗心中暗喜分付李逵你且躲在樹後待我入去見苗堂門掛着簾戴宗咳一声只見婆々出來戴宗見那婆々蒼頭古貌霍髮童顏近前施礼曰乞娘小可欲求見一清道人一面婆々曰官人高姓戴宗曰姓戴名宗從山東來此婆々曰孩兒出外雲遊不曾在家戴宗曰小可此他旧時相識要求見一面婆々曰委的不在家裡戴宗便辞出來对李逵曰今番用你去請他仙再說不在你便打将起來不可傷犯他老娘我來喝住你便罷李逵取出双斧搶在勝下入門叫曰一清快出來婆々見了李逵先有些怕他便問曰大哥是誰李逵曰我是梁山泊人奉哥々將令來請公孫勝你教他出來佛眼相看若不出來放起火來把你家燒做白地婆々曰他出外雲遊未回李逵拔出大斧先砍破一堵墻壁指着那婆々曰你不叫兒子出來我就殺了你那婆々驚倒在地只見公孫勝走出來曰不得无礼戴宗便來喝住李逵撇了板斧笑曰阿哥休怪若不如此你不肯出來公孫勝先扶娘入去却來邀戴宗李逵入静室坐下問曰虧二位哥到此戴宗曰自從師父下山之後我先來尋了一遍不遇宋公明哥々因去高唐州救柴進被知府高廉使妖

戴宗李逵見公孫勝

法勝了兩陣无計可施只得叫小可同李逵來尋兄長因店中遇着個老丈指引到此使李逵請出師父來哥々今在高唐州界上度日如年請見即行以救燃眉之急公孫勝曰自別回鄉非我不去一者母親年老二者本師羅真人留在聽教恐怕山寨有人來尋故改名一清道人隐居在此戴宗曰今者宋公明在危急之際公孫勝曰争奈母老師留去不得戴宗再拜懇告公孫勝扶起曰容我去禀本師真人肯容許我時便去戴宗曰既如此須同往告知三人來到半山腰松林裡而小路直到羅真人觀前上面牌紅牌額三個大金字書着紫虛觀兩個童子看見報知真人法旨教請三人入去公孫勝引戴宗李逵到松鶴軒內向前施礼看那羅真人古貌長髯碧眼方瞳神遊八極之表真人問公孫勝曰此二位何來公孫勝曰昔日弟子曾对我師說山東義友今為高唐州高廉施逞異術何兄宋江将令二弟來此呼喚弟子未敢擅使特來請問我師真人曰吾弟子既脫火坑学煉長生何得再迷此境戴宗再拜曰乞容上山破了高廉即便送回真人曰二位不知此非出家人閑管之事汝等且下山去商議公孫勝只得引二人下山李逵問曰那真人恁麼說戴宗曰他師父說教他休去李逵曰我兩個走了許多路尋見了他如今却放出這個屁來莫惱老爺性起一隻手把那賊道直擂下山去戴宗喝住同到公孫勝家裡明日再去懇告本師若肯放時便行李逵當夜思忖明日那厮又不肯却不悞了哥々大事我只殺了那個老賊他沒問処只得和我同去當夜撥了双斧悄悄開門乘月明摸上山來到紫虛觀前只見

戴宗三人哀告真人

雨歇大門閉了原來那真人先知躲避真身假將兩個葫蘆化作行箇苟立李逵騰地跳過墻去直至松崔軒前听隔窗有人誦玉樞宝経李逵總眼張見羅真人坐在雲床上面燒炉好香点着灯烛李逵曰這賊道合該死了推開房門提起斧頭將羅真人腦後一斧劈倒在床流出白來李逵笑曰眼見得賊道是童男真氣不曾有半点的红血今番除了後患不愁公孫勝不去只見一個青衣童子攔住喝曰你殺我本師待走那里去李逵曰這小賊道也要吃我一板斧將頭砍下連夜奔回公孫勝家裡依然去睡天明公孫勝安排早膳相待戴宗曰再煩先生引我二人羅告真人李逵听了暗笑三人再上山來入到松崔軒中見個童子公孫勝問曰真人何在童子答曰真人在雲床上养性李逵听了大驚三人入來看時見真人坐在雲床上李逵暗思莫非昨夜暗殺了真人問曰汝三人又來何幹戴宗曰將來哀告我師慈悲救拔衆人之难真人曰這黑漢是誰戴宗曰是義弟姓李名逵李逵暗思這廝是怕我殺他真人曰我教你三人片時便到高唐州如何戴宗曰如此多感真人喚道童取三個手帕來引三人至观門外石岩上先取一個紅手帕鋪在石上叫公孫勝立于帕上真人把袖一拂喝声曰起那手帕化作一片紅雲載了公孫勝騰空而起又鋪青手帕教戴宗立上喝声起那手帕化作一片青雲載起戴宗在半空中又把白手帕鋪上喚李逵踏上逵曰却不是要真人曰你見他二人麼李逵立在帕上真人喝声起那手帕化作一片白雲飛將起去真人把手一招那青紅二雲平平墜將下來李逵在上面叫曰

黃巾力士押送李逵

我也要撒屎尿你不着我下來我就淋頭撒下來真人曰我是出家之人你因何夜來越墻把斧劈着是我无道德已被你殺了又殺我一個道童李逵曰不是我你敢認錯了真人笑曰你欲我兩個葫蘆其心不善便教你吃些磨难把手一拂喝声去一陣惡風把李逵吹入雲端裡只見兩個黃巾力士押送李逵到薊州後所屋前墜將下來府尹馬士弘正坐堂排列公吏人等看見半天落下一個黑大漢衆人大驚馬知府見了令左右拿下必是妖人教取法物來牢子將李逵細綁在地把狗血尿屎洗下李逵曰我不是妖人是跟羅真人的伴當吏人听了不敢傷他再押李逵到所前吏人禀曰這薊州羅真人是得道活神仙若是他的從者不可加刑馬知府笑曰未見神仙有如此徒弟喝手下把李逵打了五十要他供招李逵只得招做人李二取面大枷釘了押下牢裡李逵來到牢裡想是值日神將如何枷我明日教你這薊州一城人俱要死那節級牢子都知羅真人是活神仙都把酒肉來與李逵吃又將熱水與他洗浴換了衣裳李逵曰若还缺我酒肉我便走了教你受苦禁子只得奉承却說戴宗哀告真人求救李逵真人曰我知這人是上界地煞之星為自作孽吾安肯逆天坏他只是磨他一日我教取來还你戴宗拜謝真人叫声力士安在就面前起一陣風已過処一尊黃巾力士出見真告我師有何法旨真人曰差你押去薊州的那人罪孽已滿你去牢裡取他回來力士声喏去了半時把李逵從空撇將下來李逵見真人磕頭拜曰鐵牛再不敢了真人曰你從今已後竭力扶助宋公明休生[illegible]

羅真人傳囑公孫勝

曰逐一遊命戴宗曰你兩日那里去來李逵把落在牢裡事說了一偏公孫勝曰師父用的黃巾力士有干員李逵口你不早說免我做這般事戴宗再拜懇告曰小可來多日了望乞我師慈悲放公孫勝同去救宋哥〻真人曰我本不典他去今為汝仗大義教他同去我有片言汝當記取公孫勝向前跪听未知真人指教何事靜心謹記且听下回分解

第五十回　入雲龍法破高廉　黑旋風探救柴進

奉辭伐罪號天兵　失時須將正道行　自謂魔君能破敵
豈知正法更爲精　存仁柴進还存命　无德高廉白殞生
試把兴亡重檢点　西風搔首不勝情

却說羅真人曰吾今傳汝五雷天罡正法依此而行可救宋江保国安民替天行道你的老母我自使人侍奉汝应上界天罡星合有八個字汝當記取逢汴而止遇汴而还公孫勝拜受便和戴宗李逵拜辞真人下山到家收拾道衣宝劍拜辞老母戴宗曰小可先去报知哥〻再來相接戴宗拴上甲馬去了公孫勝和李逵來到武岡鎮入烟幡集兩個入店坐下李逵曰我今買些肉來吃夫市鎮上看時見一縣人鬧住一個大漢擎個鐵爪鎚在那里便李逵看那大漢七尺以上身材一面深麻鼻上一條大坑那鎚約有三十斤那漢使一爪鎚正打在歷街石上打得粉碎衆人喝采李逵忍不住便來拿起那鎚曰使得甚麼好待老爹使一回與衆人看李逵便那爪鎚如弄彈丸一般使了一回輕〻放下面不改容那漢看了倒身便拜曰求大名李逵曰你

神兵猛獸來敵泊將

家在那里住那漢曰只在前面便是引了李逵到家裡坐下李逵看他屋裡却是個鉄匠心中尋思曰這人山寨裡正用得着便問曰漢子姓甚名誰那漢曰小人姓湯名隆父親原是延安府知寨在任身亡小人流落在此打鉄為生好使鎗棒因我渾身多麻点人都叫做金錢豹子敢問大哥高姓大名李逵曰我乃梁山泊好漢李逵兄在這里几時得發跡不如跟我上梁山泊入夥教你做個頭領湯隆曰若得哥〻不弃願随鞭鐙便拜李逵為兄後人讚湯隆詩曰

銅筋鉄骨身軀徤　炉冶鎚鉗每用功
原係延安知寨後　金錢豹子是湯隆

李逵曰既如此我師父在前面酒店等我〻與你便行李逵直到酒店裡來見公孫勝引湯隆拜了細說結義一事三人一同飲酒还了酒錢望高唐州走不一日來見宋江等迎接礼罷李逵引湯隆恭見衆頭領宋江教排延席慶賀次日宋江吴用公孫勝商議破高廉一事公孫勝曰今日出陣看敵軍如何我自有區処宋江傳令各寨乃宜有抵高唐州城下來擂旗吶喊知府高廉听知宋江軍馬又到且喜節鎗平復遂引三百神兵出城迎敵宋江出馬左有吴用右有公孫勝兩边花榮秦明朱仝歐鵬呂方林冲孫立鄧飛馬麟郭盛那高廉出到陣前花榮挺鎗躍馬搦戰高廉問曰誰去拿此賊宋出一員上將薛元輝使刀來迎鬥不十合花榮詐敗元輝指馬趕來花榮拈弓搭箭射中元輝下馬高廉見了大怒便取聚獸銅牌把劍敲動只見捲起一陣

二統制殺出取救兵

黄砂刴狼虎豹奔將出來公孫勝在馬上掣出一把松紋古定劍來指着敵軍口中念着密咒喝
聲道疾只見一道火光射去那群怪獸亂紛紛墜于陣前衆軍看時都是白紙剪的虎豹黄砂不
起宋江驅軍一齊捲殺過去人亡馬倒高廉急引神兵退走入城宋江軍馬齊到城下城上大石
打將下來宋江鳴金回寨賞犒三軍次日分兵圍城攻打公孫勝對宋江吳用
曰昨夜雖敗他一陣今日攻擊得緊那廝今夜必劫寨可令衆將四面埋伏虛
立寨栅只听霹靂响寨中火起伏兵殺出傳令已了收兵回寨大吹大擂一泪
天色將曉衆頭領暗暗分撥埋伏巳定是夜高廉點起三百神兵各帶鐵
葫蘆內藏硫黄焰硝三更時分大開城門高廉當先殺奔前來作起妖法一氣
冲天狂風大作三百神兵各取火種點着葫蘆口一声胡哨齊响黑氣中間火
光照身殺入寨來高阜处公孫勝仗劍作法寨中起個霹靂只見那空寨中火
起上下通紅四面伏兵圍定三百神兵无路可出高廉單騎奔走入城高廉尋
思數年學得法術不想今日被他破了只得使人求救修書二封去東昌寇州
二处起兵接应差兩個統制官賫書開西門殺出去了宋江衆將却待追趕吳
用傳令且放他去便將計就計却使兩枝人馬詐作救兵于路混戰高廉必然
開門接应乘勢取城把高廉引入小路必被擒矣宋江大喜即令戴宗去梁山泊另取兩枝軍馬
分作兩路而來高廉在城中只望救兵到來宋城上望見宋江陣中不戰自乱報知高廉即披挂
上馬登城看時只見兩路軍馬喊殺連天冲奔前來高廉只說救軍到了大開城門殺出看見宋

李逵入井探救柴進

江引花榮秦明三騎望小路而走高廉便去追趕忽听得山坡後一声砲响左手下呂方右手
郭盛各引五百人馬冲將出來高廉奪路走時部下軍馬折其大半望見城上都是梁山泊旗号
不救应軍馬只得引敗兵投小路而走忽山後一彪人馬當先孫立攔住去路背後朱仝兩下來
攻高廉下馬步走上山四下裡步軍一齊趕上山去高廉口中念念神咒喝声
片黑雲直上山去只見山坡边轉出公孫勝將劍在馬上喝声道疾將劍望空
一指只見高廉從雲中倒撞下來雷横赶上砍了首級却下山來宋江知殺了
高廉引軍進高唐州城內傳下將令休出傷殺百姓出榜安民且去牢中救出
柴大官人尚有五十個重囚尽數開枷釋放數中只不見柴大官人宋江憂悶
尋到一処監房却監着柴皇城柴進二家老少在彼只用曰喚個禁子來問右
個禀曰小人是當牢節級姓蘭名仁前日高廉所委專看柴進但有吉凶可便下
手三日前高廉要取柴進施刑小人不忍下手回报巳死知府差人看視小人
恐見罪責昨日引去後面枯井边開了枷放落井中不知存亡宋江隨即教蘭仁
引去枯井边望時底下黑洞洞的約有八九丈深宋江哭曰柴大官人想了沒了
誰敢下去探視李逵曰我下去宋江曰當初是你送他今日正宜報本吳用教
取一個大篾籮把索子縛定索上縛兩個銅鈴李逵坐在簍裡簍放井去漸漸到底下李逵出來
去井底摸着衣服叫一声柴大官人那里見動把手去摸只听井內微微声李逵曰謝天地还有些
氣即時在簍裡搖動銅鈴衆人扯將上來看了大喜宋江見柴進頭破額傷双腿打一兩眼略開

呼延灼督府點三軍

宋江看了甚是悽惨忪請良医調治李逵在底下大叫宋江听得急叫放簍下去取他上來李逵到上面曰你也不叫放簍下來接我宋江曰我們只顧看柴大官因此忘了休怪宋江教衆人扛扶柴進上車先把兩家老小并李逵雷横護送上梁山泊去却把高廉老小四十口処斬將家私府庫財帛倉廒粮米尽装載上山宋江引諸將离了高唐州経過州縣秋毫无犯回到大寨柴進扶病起謝晁宋二公并衆頭領晁盖教另造一所宅子與柴進家小安歇寨中作慶賀筵席却説東昌寇州二処已知殺了高廉失陷城池寫表申奏朝廷高太尉奏知道君皇帝天子聞奏大驚隨即降下聖旨就委高太尉選將調兵前去勦捕高太尉奏曰量此草寇不必興舉大兵臣保一人乃開国之初河東名將呼延贊之孫呼延灼使兩條鉄鞭有万夫不當之勇見受汝寧郡都統制此人可以收捕梁山泊賊寇天子准奏聖旨差官賫詔前往汝寧郡宣呼延灼來叅高太尉禮畢次日早朝引見道君皇帝看了呼延灼一表非俗喜動天顏就賜雪色馬一疋日行千里呼延灼謝恩出朝隨高太尉至帥府商議起兵呼延灼曰禀知恩相下官久聞梁山泊賊兵多將廣不可輕敵顛保二將為先鋒高太尉問曰公所保何人直教死千城重添羽翼梁山泊大破官軍功名未遂凌烟閣姓字先登聚義堂且听下回分解

○第五十一回　高太尉興三路兵　呼延灼擺連環馬

幼辞父母去鄉邦　鉄馬金戈入戰場　截髮為繩穿断骨　扯衣作帯褁金鎗　腹飢嘗把人心食　口渴曾將虜血嘗　四海太平无事日　青銅愁見鬢如霜

晁宋坐堂探軍回報

却説呼延灼禀曰末將保舉陳州團練使姓韓名滔東京人氏武舉出身使條鉄搠人呼為百勝將軍此人可為先鋒又一人乃是潁州團練使姓彭名玘亦東京人氏累代將門之子使一口三尖刀武藝出衆人呼為天目將軍此人可為副先鋒高太尉听了大喜道若得韓彭二將為先鋒何愁強寇不平就押了牒文差人星夜往陳潁二州調取韓滔彭玘赴京不旬日之間二將已到京師叅見太尉商議起程三路調來共有一萬五千軍馬出城前軍開路韓滔中軍主將呼延灼後軍催督彭玘馬步三軍殺奔梁山泊來探報逕到大寨報知晁宋吳用曰來將河東呼延贊之後呼延灼武藝精熟使兩條銅鞭先以力敵後用智擒李逵曰我去捉這厮來宋江曰我自有調度秦明首陣林冲第二陣花栄第三陣一丈青扈三娘第四陣病尉遲孫立第五陣宋江親自引十將在後左軍五將朱仝雷横穆弘黄信呂方右軍五將楊雄石秀歐鵬馬麟郭盛水將李俊張横張順三阮兄弟駕船接應李逵楊林分步軍兩路埋伏救应調撥已定前軍秦明人馬下山次日排成陣勢兩陣对圓三通鼓角鳴処宋江隊裡秦明出陣馬上横着狼牙棒望对陣門旗開処韓滔出馬怎生模樣詩曰

解横束木搠　爱着錦征袍　平地能擒虎　淩空惜射鵰　陳州團練使　百勝將韓滔　韜略傳家遠　胸劍志気高

先鋒韓滔横搠立馬罵曰天兵到此不思早降敢來就死秦明也不打話舞起狼牙棒直取韓滔

一丈青揮索捉彭玘

兩個戰了二十餘合韓滔力怯背後主將呼延灼已到從中軍舞起双鞭到陣秦明欲待來戰第二撥林冲已到兩個鬪到五十合不分勝敗忽第三撥花荣軍已到呼延灼後軍也到天目將軍彭玘橫刀出馬怎見得彭玘英雄有詩為證

兩眼露光芒　声雄性氣剛　刀横三尺雪　甲耀九秋霜
陣前斬首將　争先出戰場　人称天目將　彭玘最高強

彭玘舞三尖刀出陣與花荣交馬戰二十餘合呼延灼見彭玘力怯拍馬舞鞭直奔花荣鬪不十合第四撥扈三娘人馬已到大叫花荣少歇看我捉這賊花荣勒馬立住彭玘來戰一丈青未定第五撥軍馬頭領孫立看一丈青戰彭玘兩個戰到二十餘合一丈青回馬便走彭玘要立功勞縱馬趕來一丈青挂下双刀取出紅綿套索望空一撒彭玘措手不及拖下馬來孫立喝叫衆兵向前把彭玘綁了呼延灼看見大怒向前來戰一丈青拍馬來迎兩個鬪到十合贏不得一丈青呼延灼尋思道這個潑賊到有手段賣個破綻放一丈青赶將入來呼延灼看他來得近提起銅鞭望一丈青頂門打來一丈青眼快把刀一隔那鞭正打在刀口上錚地一声响火光迸散一丈青回馬便走呼延灼拍馬赶來孫立便挺鎗迎住背後宋江人馬已到列成陣勢一丈青跑馬回山坡去了宋江見捉了彭玘大喜陣前看孫立與呼延灼交戰兩個都使銅鞭更又一般打扮二將在陣上左盤右旋鬪到三十餘合不分勝敗宋江看了欢喜不已後面韓滔尽軍馬向前厮殺宋江將鞭稍一指十個頭領引了大小軍士掩殺過去背後四路軍兵分作兩路夾攻呼延灼收轉本部軍馬陣裡都是連環甲馬馬上帶甲只露得四蹄落地人挂鐵甲只露出眼睛宋江陣上射數箭去那鐵甲都護了身鐵甲軍拈弓箭对面射來因此不敢近前宋江急教鳴金收軍呼延灼亦退二十里下寨宋江山西下寨刀手簇擁彭玘過來宋江起身喝退軍士親解其縛扶入帳中分賓主

宋江親解彭玘縛

而坐宋江便拜彭玘連忙荅禮曰小子被擒理合就死將軍何故以賓禮待我宋江曰某等無処容身暫依水泊权時避難今朝廷委將軍前來收捕本合延頸就縛但恐不能存命因此負罪交鋒悞犯虎威望乞恕罪彭玘曰久聞將軍仗義行仁今日果然多蒙存留微命宋江曰某等只待圣主寬恩降赦招安那時捐生報国万死不辞就使人送彭玘上大寨與晁天王相見計議軍情却說呼延灼傳令教三千鐵甲馬軍排一擺開每三十疋一排却把鐵环連鎖但遇敵軍遠用箭射近則使鎗三千連环馬軍分作五隊鎖定五千步軍在後接應次日天曉出戰宋江將馬軍分作五隊前後十將馬軍簇擁兩路伏兵分于左右秦明當先與呼延灼交戰只見对陣吶喊並不交鋒宋江看了心中疑惑教後軍且退拍馬直到陣前窺望只見对陣連珠炮响一千步軍分作兩下放出三隊連環馬直冲將來兩边弓箭乱射中間尽是長鎗宋江大驚急令衆軍施放弓箭抵敵不住每一隊三十疋馬一齊炮發連环馬軍漫山徧野直撞將來五隊軍馬攔當不住各自逃生宋江飛馬便走十將擁護而行背後一隊連环馬軍赶來却得楊林李逵伏兵殺出救得宋江走至灘

一丈青揮索捉彭玘

宋江親解彭玘綁縛

兩個鬥了二十餘合[illegible]呼延灼[illegible]

[illegible]兩個鬥到五十合不分勝敗[illegible]呼延灼後軍也到[illegible]天目將彭玘[illegible]有詩為證[illegible]

[illegible]三十餘合不分勝敗宋江看了[illegible]

[illegible]

宋江大敗逃走下山

边李俊張順張横三阮水軍頭領擺下戰舡接应宋江等上舡那追趕馬趕到水边乱箭射來慌忙把舡拐開到金沙灘頭尽行上岸就水寨点視人馬折其大半只見石勇將过孫新顧大嫂逃命上山報曰步軍冲散將來把店屋平折去了宋江抚慰計点衆頭領中箭者六人林冲雷横李逵石秀孫新黃信軍校中傷帶箭者不計其数宋江尽教上山養病呼延灼大獲全勝管犒三軍差人往京師報捷[illegible]尉所報心中大喜次日奏聞天子龍顏大悅勅賜黃封御酒十瓶錦袍一領[illegible]萬貫差官賫去行營賞軍呼延灼韓滔聞知天使至迎接到寨謝恩分俵賞軍置酒款待天使呼延灼曰只恨四面是水无路可進遥观寨柵唯非火砲飛打以燒賊巢久聞東京有個炮手凌振号作轟天雷善造火炮能去十四五里石砲落処天崩地陷更兼此人武藝精熟若得天使回京于太尉前說知此人來相助克日可收賊巢天使应允辞別回京來見高太尉備說呼延灼求炮手凌振助敵高太尉即差人去甲仗庫副使炮手凌振到府此人祖貫燕陵人氏有詩讚曰

火炮落時城郭碎　烟雲散処鬼神愁
轟天雷起馳風炮　凌振揚名四海州

凌振豎架施放火炮

凌振叅見高太尉受了行軍統領之職便教登程把应用烟火藥料就做下諸色火炮裝載上車収路投梁山泊來到行營叅見將王呼延灼先鋒韓滔便問水寨遠近路程山寨險峻去処安排三等砲攻打第一是風火砲第二是金輪砲第三是子母砲在水边竪起砲架准備宋江正在寨內和吳用計議破陣之策細作探來报曰東京新差炮手凌振今在水边竪立架子安排施放火砲攻打寨柵吳用曰這個不妨我山寨四边皆是水泊宛子城离水又遠縱有飛天炮如何打得到城边且棄小寨看他施放宋江弃了小寨上関晁恭公孫勝動問未畢听得山下炮响放了三個火炮兩個打在水裡一個打在鴨嘴灘边小寨上宋江見說心中愈悶衆頭領皆失色吳用曰先捉此人方可破敵即令李俊張順張横三阮六人掉舡如此行事岸上朱仝如此接应分作兩隊李俊張横帶了五十隻快舡從芦葦深処探路過去背後張順三阮掉四十隻小舡接应李俊張横便去炮架边吶喊把炮架推倒軍校慌忙报知凌振披挂綽鎗上馬引一千餘人赶來李俊張横便走凌振赶到芦葦边看擺下四十隻小舡見李俊張横跳在舡上凌振人馬赶到泊边李俊張横跳入水裡去了凌振人馬便來搶舡奪得許多舡隻凌振教軍士尽數上舡便殺過去舡到波心只見岸上朱仝雷横鳴起鑼來水底下鑽起三百水軍尽把舡尾楔拔了水都滾入舡來凌振急待回舡舡尾櫓已自被拽下水底去了兩边鑽出兩個頭領把舡只一拨仰合轉來凌振却被沓下水裡去了被阮小二捞住直抱到对岸來便把索子綁了解上山來水中生擒二百餘人一半水中淹死內有逃得性命報呼延灼領軍赶來舡已過鴨嘴灘去了只得引人馬回寨宋江听知捉了凌振便同滿寨頭領下関迎接見了凌振親解其縛凌振拜謝不殺之恩宋江自執其手相請上山到寨見了彭玘已做頭領凌振閉口无言彭玘劝曰晁宋二頭領替天

凌振竪寨拔旗火燒

宋江大敗走干山

十一卷

十四

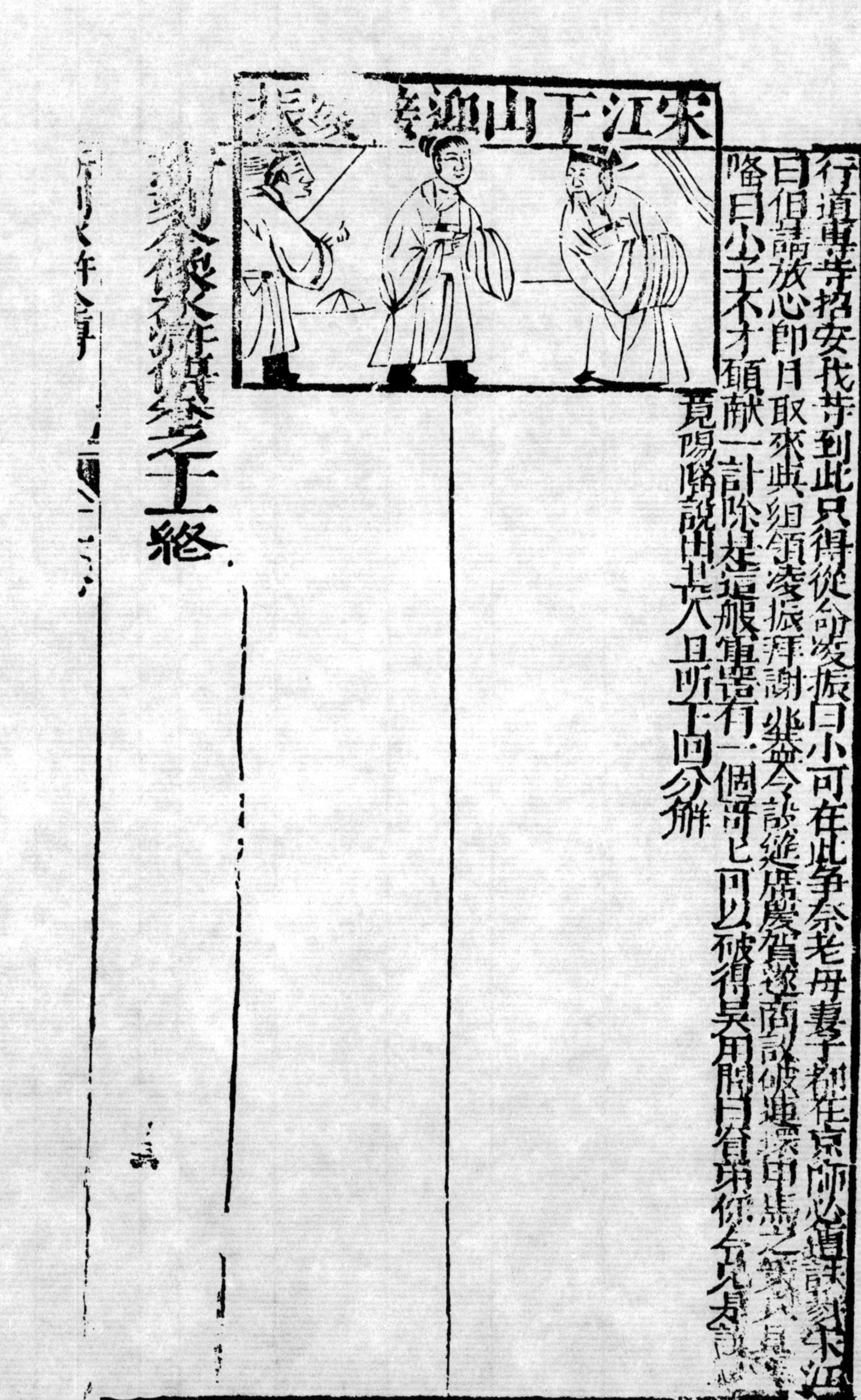

行道專等招安我等到此只得從命凌振曰小可在此爭奈老母妻子都在京師必遭誅戮宋江曰但請放心即日取來與組領凌振拜謝晁蓋今設筵慶賀遂商議破連環甲馬之策只見湯隆曰小子不才願獻一計除是這般軍器有一個哥哥可以破得吳用問曰賢弟你令兄是誰竟湯隆說出甚人且聽下回分解

卷之十二終

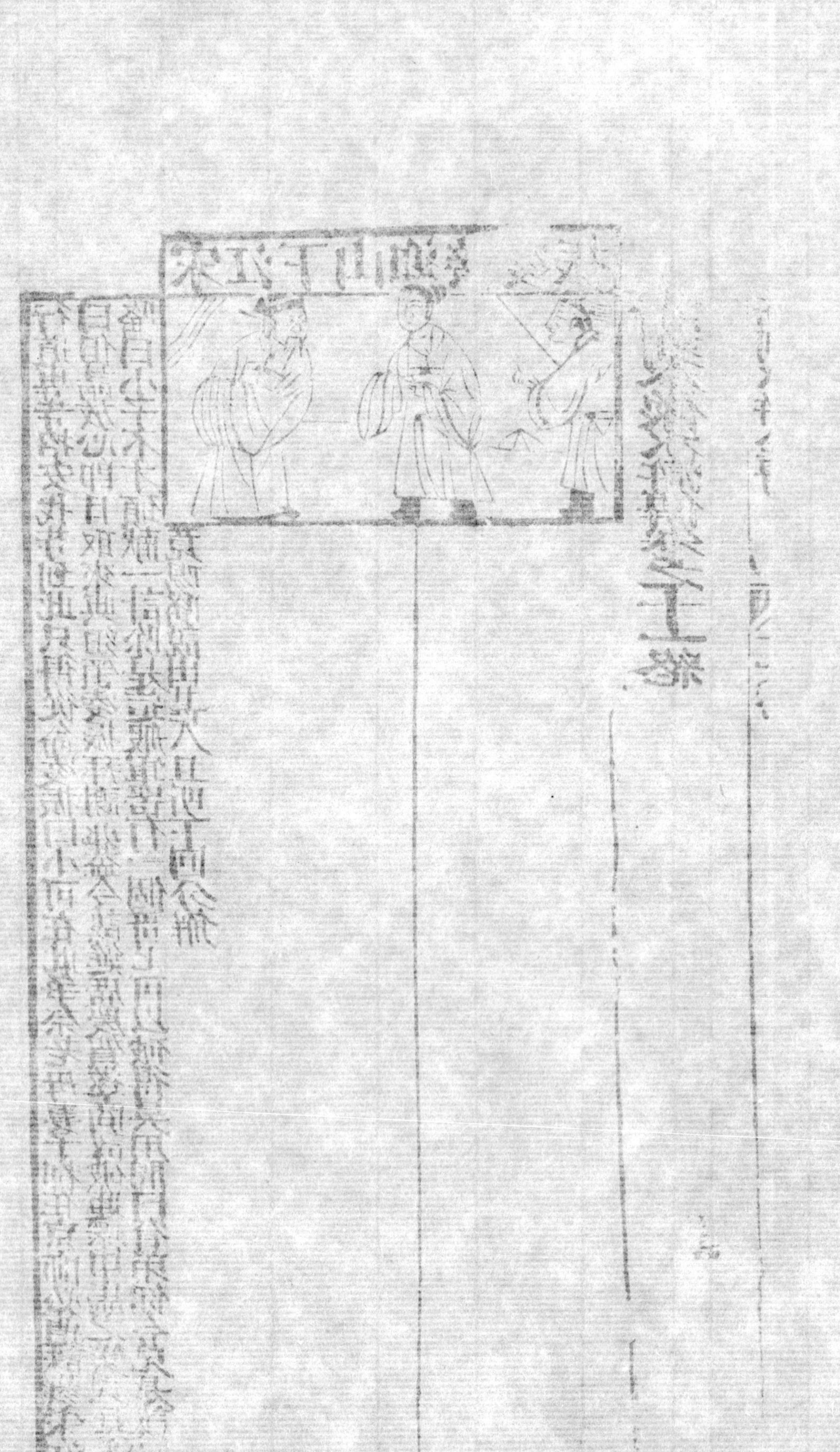

新刻全像忠義水滸傳十二卷

○第五十二回　吳用使時遷盜甲　湯隆賺徐寧上山

雁翅鎧甲人稀見　懸在高梁未易圖　賃夜便施偷摸手
潜行不畏虎狼徒　河傾斗落三更後　烛滅灯殘半夜初
神物窃來如拾芥　前身只恐是丁[illegible]

時遷往京去盜翎甲

却說湯隆対眾頭領曰若要破連環甲馬須用鈎鐮鎗相傳有画様在此我有個姑舅哥々在東京做金鎗教師徐寧会使鈎鐮鎗他先祖留下一副雁翎砌就圈金甲披在身上刀劍箭矢不能透入喚做賽唐猊這副甲皮匣盛着拴在房中梁上若是得他這副甲來不怕他不來這里吳用曰若是如此即令時遷去走一遭時遷应曰小人就去湯隆曰你盗甲來我便上山與宋江附耳曰如此宋江喚楊林去頴川取彭玘老小楊雄和薛永往東京取凌振老小李雲往東京收買烟火藥料湯隆打造鈎鐮鎗又令戴宗探听消息却說時遷來到東京投店安下次日進城來尋問金鎗班教師徐寧家有人指曰入得班家門裡朱紅黑角了門便是時遷轉入班門裡先看前門次看後門一帶高墻両座楼屋時遷看了歩到晚間有見土地庙後一株大栢樹便扒上去梢々望時只見班裡両個人提灯籠出來関門落鎖時遷見班裡悄靜却從樹上溜將下來走入徐寧後門墻上扒過去看裡面却是小小院子厨房

灯明両個丫環收拾未了時遷却從隐柱盤到搏边楼上見徐寧和娘子対炉向火怀裡抱個孩兒時遷看那卧房裡梁上果有個大皮匣拴在上面听徐寧叫梅香摺了衣服丫嬛就春臺上摺了紫綉圓領放在包袱内約至二更徐寧曰明日天子駕幸龍符宮早起五更伺候時遷忖曰我若半夜下手出不得城捱到五更下手不遲徐寧夫妻睡了四更奋來便喚丫環起來燒湯両個使女起來開了楼門去後面点灯時遷却從柱上溜將下來到後門边伏了梅香討了灯火入厨下安排酒食出來與伴當吃了背上包袱拕了金鎗引徐寧出門去了時遷便上楼去直蹔到梁上伏了両個使女復上楼去睡時遷在梁上把芦管兒指灯一吹那灯滅了却從梁上輕々解下皮匣下來徐寧娘子听得响叫梅香曰梁上甚麼响時遷做老鼠厮打時遷就學老鼠溜將下來背了皮匣開了楼門自開外門來到班門口隨班入出門開了鎖時遷從隊裡出去奔到城外天色未明投東便走四十里外店裡做飯只見戴宗進來時遷開了皮匣取出雁翎鎖子甲來做一包袱與戴宗背投梁山泊去了時遷把皮匣拴在担上吃飯挑担出店便走二十里撞見湯隆々々曰你只從這條路去但過路上酒店門上若見有白粉圈兒就在那裡歇把這皮匣上放

時遷盜甲乘夜奔走

在他眼睛頭為此鬧一程外尋我時遷依計去了湯隆却投東京城來徐寧家裡天明方知夜來失了皮匣娘子令人报知徐寧回家大怒曰這一副雁翎鎖子甲乃是上祖流傳之宝今早起來因何有失娘子曰乃為宮子賊來盗去你央人緝訪出下落徐寧正納悶間忽當值報曰延安府湯

湯隆拜望徐寧納悶

知〻兒子湯隆特來拜望徐寧教請進相見湯隆納頭拜下說曰哥〻一向安樂徐寧曰聞知舅舅歸天不徃前來弔問兄弟今從何來湯隆曰自先父將危之日存下兩錠蒜了金有二十兩與哥〻作遺念因此送來與哥〻徐寧曰多蒙舅〻如此挂念我怎報答教安排酒來款待湯隆酒間徐寧悶〻不已湯隆問曰哥〻為何不悅徐寧曰夜來被盜偷去先祖留下鎖子甲以此不悅湯隆曰那副甲我曾見來放在何處被入盜去徐寧曰我用紅羊皮匣盛貯拴在卧房梁上不知那里賊盜去湯隆假意驚問紅羊皮匣兒不是上面有綠雲頭中間獅子滾綉毬的么徐寧曰兄弟那里見來湯隆曰小弟昨夜酒店見個鮮眼睛漢子擔兒上挑着我問曰你這皮匣子作何用那漢子应曰原是盛甲的必是此賊盜去何不趕拿徐寧听了急〻提條朴刀便和湯隆出東門城赶來行了四十里見酒店門上亦有白圈湯隆曰我們入店吃碗酒去問店主人曰曾有個鮮眼黑瘦漢子挑個紅羊皮匣子過去庅主人曰昨日是有個人過去了一似腿上吃跌的走湯隆曰哥〻却如何徐寧听了便赶前面又見客店門上有那白圈湯隆立住曰走不動我和哥〻且就歇下明日又赶徐寧曰我是官軍倘或点名不到怎了湯隆曰无妨嫂〻自会推托事故當晚又在客店裡問店主曰昨夜有個鮮眼黑瘦漢子住我店裡今早方纔去了只問山東路程湯隆曰我們明日定然赶得着次日兩個又赶湯隆但見壁上有白圈便去買酒問路処〻說得一般徐寧只要那甲只顧跟湯隆赶去望見時迁放下担兒在那里坐湯隆曰那個不是哥〻

湯隆賺徐寧上梁山

的匣子徐寧見了向前揪住喝曰這賊大胆盜我這副甲來時迁曰是我盜你的甲你看匣子裡有甲也无湯隆打開匣子看時裡面却是空的徐寧曰你將我甲那里去了時迁曰小人姓張排行第一泰安州人氏本州有個財主叫做郭大官人要結識老种經略相公知你家有這副甲不肯賣使我同李三來盜許我們一萬貫錢昨夜在你家跌下來朒了腿李三把甲先拿去了只留空匣在此若是不捉我到官和你去取还你徐寧只得依他三個投客店來一処歇宿時迁故意扎縛了他腿只做閃腳行徐寧見他腳疼不妨次日三個又行一日徐寧心焦正之間只見路傍有四個頭口拽出一輛空車那客人見了湯隆納頭便拜湯隆問曰兄弟因何到此那客人曰往鄭州做買賣要同泰安州去湯隆大喜教與徐寧相見寧問曰是誰湯隆曰我去年在泰安州燒香識這個兄弟名喚李榮今有空車可搭而行徐寧曰既如此這張一走得慢都上車坐行徐寧問李榮曰你那泰安州曾有個郭大官否李榮曰郭大官是本州財主專結識官宦徐寧尋思曰既有主坐必不悞事又過一日到梁山不遠李榮令車客把葫芦去沽酒來就車上吃三盃李榮拏出瓢來先傾一瓢來劝徐寧一飲而尽不移時只見徐寧口角流涎醉倒在車子上李榮却是樂和赶着車子送到朱貴酒店把徐寧扶上船來到金沙灘上岸報知大寨宋江和頭領下山接着用解藥解了徐寧開眼見眾人大驚便問湯隆你如何賺我到這里湯隆曰哥〻小弟久聞宋公明招接四方豪傑因此投大寨入夥今被呼延灼用連環甲馬衝陣若討可施小弟獻此

湯隆詐接徐寧妻子

鈎鐮鎗法除是哥哥能使因此定計請哥哥上山宋江執盃向前曰見今暫居水泊專待招安盡忠報国竪观察一同代天行道徐寧曰我家中妻子怎了宋江曰观察放心早晚速取宝眷到此完聚時間到大寨衆兆皆教安排筵席作慶賀宋江筵間讚使鈎鐮鎗法衆皆大喜而散不旬日楊林自穎州取到彭玘老小薛永自東京取到凌振老小李雲收買烟火藥料回寨戴宗湯隆取徐寧老小上山徐寧見了妻子驚問曰你如何到這里妻子曰自你出門數日忽見湯叔叔拿那雁翎甲來說道哥哥于路病危教嫂嫂和孩兒快去看視把我扶上車子自推到這里徐寧只得吞声忍受宋江撥定房屋安置徐寧老小宋江莫用請徐寧教衆軍學使鈎鐮鎗法衆皆頂天叩謝徐寧曰小弟尽心教演當日衆頭領齊看徐寧拿鈎鐮鎗法自使一回衆人看了喝采不已徐寧教衆軍曰但凡馬上使這般軍器就腰胯裡上成七路三鈎四撥一搠一一分共使九個変法此是鈎鐮鎗正法就一路上敷演教了衆頭領大喜就當日為始山寨中軍士曉夜習学又教步軍藏林伏草鈎蹄拽腿下面三路暗法半月之間教成五七百人俱各慣使鈎鎗法詩云

四撥三鈎通七路　共分九変合神机　二十四步挪前後　一十六翻大轉圍　破鋭摧堅如推轂　搴旗斬將有威灵　一間風已落高俅胆　此法今无古稀

却說呼延灼每用引軍來水边搦戰只恐宋江聚衆商議破敵宋江曰明日不用馬軍孫兄兵法却和於山林只用步軍下山分作十隊誘敵先令使鐮鈎鎗軍士埋伏在芦林中每十個使鈎鐮鎗的軍士跟着十個撓鈎手但見馬蹄一撓鈎搭將入去捉了平川窄路如此徐寧曰鈎鐮鎗并撓鈎正是此法宋江分撥十隊步軍刘唐杜迁穆弘穆春楊雄陶宗旺朱仝鄧飛解珍解宝鄒淵鄒潤一丈青王矮虎薛永楊林燕順馬麟鄒天壽李雲每兩個頭領各引一隊先行下山誘敵

宋江分撥衆軍迎敵

再令李俊張橫張順三阮童威童猛孟康駕船接应又令花栄秦明李应柴進孫立歐鵬乘馬引軍只在山边搦戰凌振杜興專放号炮徐寧湯隆招引使鈎鐮鎗軍士分撥埋伏宋江吳用公孫勝戴宗吕方郭盛總制軍馬指麾号令分撥已定次日平明中軍人馬隔水擂鼓吶喊呼延灼令先鋒韓滔先來出哨随後鎖住連環甲馬殺奔梁山泊來隔水擺開軍馬韓滔與呼延灼商議曰正南上一隊步軍不知何処来的呼延灼曰只顧把連环馬冲去韓滔引五百馬軍飛哨前去又見東南一隊軍馬起来却欲分兵去哨只見西南上又有一隊旗号韓滔再引兵回来报呼延灼曰多時不曾出戰必有計策忽听得北边一声炮响又擁起三隊旗号呼延灼曰此是賊人奸計我和你把人馬分作両路迎敵又听正北上連珠炮响風威大作呼延灼軍馬不戰自乱急和韓滔各引馬步軍兵四下冲突這十隊步軍東赶東走西赶西走呼延灼大怒引兵望北冲来宋江軍兵尽投芦葦中走呼延灼大驅連环甲馬捲地而来尽望芦林中跑去只听裡面呼哨响処鈎鐮鎗一齊上手鈎倒両边馬脚中間甲馬便自咆哮起来那撓鈎手只在芦林中縛人呼延灼見了鈎鐮鎗勒馬回南去赶韓滔漫山遍野都是步軍追赶韓滔呼延灼部領連环甲馬都

宋江親解韓滔綁縛

入芦葦中尽被捉去二人知中了計縱馬奪路望北而走又一隊人馬穆弘穆春喝曰敗將休走呼延灼大怒舞雙鞭拍馬直取穆弘穆春略鬥五合穆弘穆春便走呼延灼不追趕大路而走山坡下又閃出解珍解宝呼延灼舞鞭來鬥上六七合解珍解宝拔步便走呼延灼不心戀戰拍馬望東而走又撞王矮虎一丈青又殺一陣冲開血路投東去了宋江听得敗軍回出去了三千連環甲馬俱被鈎鐮鎗撓倒蹄子帶甲軍士都被生擒上山三千步軍望林中躲的都被鈎鐮鎗拖將捉了望水边逃命的尽被水軍頭領圍裹上船刘唐杜迁拿得韓滔綁縛解到山寨宋江見了親解其縛令彭玘凌振說他入夥韓滔亦是七十二地煞之数義氣相投就梁山泊做了頭領宋江使人往陳州取韓滔老小來寨完聚却說呼延灼折了軍馬不敢回京独自逃难于路上又无盤纏解下束腰金帶賣來食用在路想起青州慕容知府有一面相識去投奔他借兵來報仇也未遲當晚又渴又飢路傍酒店把馬拴在樹上入店坐下叫酒保取酒肉來吃酒保煮熟羊肉煖酒與他吃了分付曰我是朝廷軍官為因收捕梁山泊失利今往青州你好心與我喂養這匹馬是御賜我的名喚踢雪烏騅馬我明日重重賞你酒保曰感承相公只有一件此間有一座山喚做桃花山山上有一夥強盗為頭的李忠第二個周通常來打劫村坊官司屢捕他不得相公夜間仔細呼延灼曰那賊都來何怕之有吃了一回酒肉睡到二更方醒听得屋後酒保叫屈起來呼延灼慌忙問曰你為何叫屈酒保曰小人起來上馬草不見相公的馬了遠遠望見火

呼延灼逕投青州府

把尚明一定是那里去了延灼曰那里是何処酒保曰正是桃花山呼延灼便教酒保引路趕了三里火把不見不知那里去了呼延灼曰若无御馬怎生是好酒保曰相公去州裡告了差官來勦方纔取得呼延灼悶悶不已天明教酒保桃了衣甲逕投青州來到府堂參拜慕容知府驚曰聞知將軍收捕梁山泊草寇如何到此呼延灼把前事說了一遍知府曰此是將軍中賊奸計先掃除桃花山收馬可收二龍山白虎山二処下官自當保奏呼延灼再拜叩謝慕容知府設席款待次日呼延灼禀衆知府遂点起馬步軍兵二千又與一匹青驄馬帶領軍兵望桃花山進發李忠周通得了這匹馬每日在寨慶賞飲酒忽嘍囉報曰青州軍馬來了周通曰哥哥守寨小弟去退官軍便点一百嘍囉下山迎敵呼延灼拍馬來戰鬥不七合周通力怯撥馬便走上山呼延灼恐有計策向兵扎住周通向寨見李忠訴說呼延灼武藝高強李忠曰我聞二龍山宝珠寺魯智深楊志都有萬夫不當之勇不如寫一封書去那里求救周通寫書差嘍囉投二龍山來見曹正問了詳細禀覆大頭領知道為首是魯智深第二是楊志第三是武松山前第四頭領施恩為因武松殺了張都監一家官司着落他追捉兇身以此逃出在江湖上父母俱亡听得武松在二龍山投奔入夥一個曹正一個張青一個孫二娘共七個頭領魯智深聞知桃花山有人來求救且看他說甚么人教那嘍囉上山說了來情楊志曰理合救援魯智深曰施恩曹正張青孫二娘看守寨柵俺三個点起五百嘍囉下山逕往桃花山來李忠引衆人下山寨应呼延灼聞知急

延灼活捉孔明入城

領軍兵舜鞭共李忠戰到十合之上李忠見敵不過勒馬便走呼延灼拍馬赶上山來只見後軍吶喊呼延灼回看一個胖大和尚魯智深騎一疋白馬喝曰呼延灼下馬來降呼延灼舜起双鞭來戰鬥到五十合不分勝敗側首楊志舜刀拍馬來戰呼延灼二人鬥到五十合不分勝敗見楊志手段亦高強尋思這兩個果的了得不是綠林中手段楊志見呼延灼武藝高強各自收軍呼延灼回寨正納悶間只見慕容知府使人來召曰今有白虎山強人孔明孔亮人馬來青州府借粮怕府庫有失請將軍回城守備呼延灼听了乘此机会領人馬回青州去了次日魯智深共楊志武松下山看時不見軍馬只見李忠周通引人下山拜請三位上山殺牛宰馬相待且說呼延灼引軍回到城下却見一彪人馬來為頭孔明孔亮兩個因和財主爭競把一門良賤都殺了聚集七百人占住白虎山打家劫舍因為叔七孔賓被慕容知府捉下監在牢裡兩個來打青州要救叔七迎着呼延灼軍馬戰到二十餘合孔明被呼延灼活捉而去孔亮大敗奔走呼延灼解孔明入城來見慕容知府知府大喜教把大枷監下牢裡和孔賓一処監收厚待呼延灼備問桃花山消息呼延灼把魯智深交鋒各無勝敗說知慕容知府曰魯達今落髮為僧喚作花和尚魯智深一個是東京殿帥府制使官喚做青面獸楊志再有一個行者武松原在景陽岡打虎的這三個捕盜官如今未会捉得呼延灼曰相公放心只在早晚一個七活捉解來知府大喜當日席散孔亮引敗残人馬正行之間忽樹林中撞出一彪人馬乃是武松孔亮滚鞍下馬便

宋江撥兵去救孔明

拜武松扶起問曰聞知足下弟兄占往白虎山今日何事到此孔亮把救叔七孔賓陷獄之事說了一遍武松曰兄弟休慌我有六七個弟兄見在二龍山今為桃花山李忠周通來我山寨求救魯楊二頭領先來與呼延灼交戰寨中款待我們把這疋御賜馬送與我兄弟言未畢只見魯智深楊志都到武松引孔亮拜見二位備說助情我們義氣為重聚集三山人馬攻打青州取府庫米粮以供山寨之用楊志曰青州城池堅固又兼呼延灼雄将若要打青州依我一言指日可得正是何声相应帰山寨一気相道聚水濱

畢竟如何且听下回分觧

○第五十三回　二山聚義打青州　衆虎同心帰水泊

一事参差百事难　一人有慶衆人安　英雄天地彰名譽
虎豹雲雷振羽翰　孔亮弟兄容易救　青州城廓等閑看
牢笼又得呼延灼　連運同帰大將壇

當下楊志曰若要打青州須用大隊軍馬教孔亮兄弟去梁山泊請宋公明併力攻城俺門兄弟先去打青州孔亮自投梁山泊魯智深教人去山寨喚施恩曹正下山相助李忠周通得了消息便領人馬來青州城下一同攻打城池孔亮來到李立酒店問梁山泊路李立曰客人要去梁山泊尋誰孔亮曰有一個相識宋公明李立曰既是宋公明頭領即放一枝响箭只見対港嘍囉掉訨來接孔亮一同搖到金沙難上岸嘍囉報知宋江下來迎接孔亮見了連忙下拜宋江問曰賢弟緣何到此孔亮大哭把前情訴知宋明

吳用設計捉呼延灼

曰你且成心引孔亮参見晁盖并衆頭領備説呼延灼走投青州一事晁盖曰既是如此今設席欵待孔亮宋江喚鉄面孔目裴宣撥下山人数分作五軍花栄秦明王英燕順第二隊穆弘楊雄解珍解宝中軍主將宋江吳用吕方郭盛第四隊朱仝柴進張横李俊後軍孫立楊林歐鵬凌振共計二十個頭領馬步兵三千前進所過州縣秋毫无犯兵到青州孔亮先到魯智深寨中報知衆好漢出寨迎接宋江到中軍坐下武松引魯智深楊志李忠周通施恩曹正相見楊志起身再拜曰昔日某経過梁山多蒙大寨重意相留為是洒家不曾從命今日幸得相会如観青天矣宋江曰三公威名播于江湖恨宋江相会太晚魯智深令設席款待宋江問打青州一節楊志曰青州只仗呼延灼一個若是拏得此人城子唾手可得吳用曰此人不可力敵只待如此如此可以擒之當日撥人馬次早起軍前到青州城下攻打慕容知府慌忙請呼延灼商議呼延灼曰恩相放心這廝們只好在水泊裡猖狂今離巢穴一個來捉一個呼延灼披挂上馬領一千人馬出城擺開宋江陣中一將躍馬出慕容知府在敵樓上認是秦明罵曰你這反賊朝廷不曾負你緣何造反可先擒這賊呼延灼便舞双鞭直取秦明二將戰到五十合不分勝敗慕容知府恐怕呼延灼有失鳴金收兵秦明不追退回本陣呼延灼退回城中來見慕容知府曰小將正要捉秦明為何收軍知府曰秦明原是我這里統制亦不可輕敵听得軍校報到北門外土坡上有三騎在那裡看城內中只認得花栄呼延灼曰定是宋江了你們且休驚動他便披挂上馬領二百

餘騎開了北門赶上坡來宋江吳用花栄便走呼延灼拍馬赶到枯樹边只听得吶喊呼延灼連人和馬跌下陷坑兩边走出五六十個撓鈎手把呼延灼鈎將起來綁縛了那一百赶來的人馬便走了左右把呼延灼解入寨來宋江見了親觧其縛扶上帳坐宋江門小可怎敢肯反朝廷叔借水泊避难只待招安不想唤犯虎威乞望恕罪呼延灼曰我被擒之人萬死尚軽莫非令我往京告請招安宋江曰高太尉忌人小過將帥折了許多人馬如何不見你罪韓滔彭玘凌振都在敝山入夥倘蒙將軍不弃宋江情愿讓位與將軍朝廷招安尽忠報国未為晚矣呼延灼跪下曰非是某不忠于国实慕兄長義氣願听号令有詩為証

安邦定策宋公明　虛張声势救主灵

如何世祿英雄士　握手同歸聚義亭

延灼賺開青州城門

宋江請呼延灼和衆頭領相見了商議救孔明之計吳用曰除非呼延將軍賺開城門唾手可得宋江與呼延灼曰非是宋江貪慕城池実因孔明叔侄陷在青州牢裡將軍此去城池必得呼延灼曰小將既蒙兄長將録理當報荅宋江大喜遂令秦明花栄孫立燕順吕方郭盛解珍解宝王英歐鵬扮作軍士同呼延灼來到城边大叫城上開門我逃回來城上人報與慕容知府知府听得呼延灼回來便令軍士開城門放下吊橋到城門裡迎着知府早被秦明一棒打下馬來解珍解宝便放起火來歐鵬王英奔上城殺散把門軍士宋江大隊人馬入城傳令不許殘害百姓就大牢裡救出孔明叔侄

戴宗回寨飛報軍情

魯智深曰我有甚罪太守曰總見你要把禪杖打我轎子思量不敢下手你這禿驢謀害你來刺我魯智深曰洒家不曾殺你你如何妄拿平人太守喝罵出家人自稱洒家這禿驢必是打劫強賊不打如何肯招左右好用苦刑加力打那禿驢智深曰不要打老爺說與你便是梁山泊好漢魯智深太守怒曰原是劫賊此史進一路之人喝教打落取面大枷釘了押死囚牢裡申聞都省嘍囉听知飛報上山武松大驚正沒理会处嘍囉报曰有梁山泊差來頭領喚做神行太保戴宗見在山下武松慌忙下來迎接上山和宋武等三人相見了訴說魯智深失陷一事戴宗曰我便回梁山泊報與哥哥知道戴宗吃了酒飯作起神行法回梁山泊見宋江二頭領說魯智深因救史進被陷一事宋江听罷驚曰既然兩個兄弟有难如何不救便点起人馬作三隊而行前軍花荣秦明林冲楊志呼延灼領二千馬步軍先行中軍領兵主將宋江軍師吳用副將朱仝徐寧解珍解宝領馬步軍二千後軍主管粮草李應楊雄石秀李俊張橫押後領馬步軍二千離了梁山泊來到少華山下武松引了朱武楊春陳達下山拜請宋江并眾頭領都到山寨坐下宋江備問城中之事朱武曰兩個頭領已監在牢裡只等朝廷降旨發落忽一人上山報曰如今朝廷差殿司太尉領御賜金鈴吊掛來西岳降香從黃河入渭河來吳用曰哥哥休憂救二人計在這里便叫李俊張順兩個如此而行李俊曰得一個引路纔好楊春曰小弟相幇同去宋江大喜兩個下山去了次日吳用與宋江等帶五百兵逕到渭河渡口李俊等十餘隻大船在彼吳用教

宋江請宿太尉到寨

花荣秦明徐寧呼延灼在岸上埋伏宋江等在船裡李俊等伏在船艙裡次日天明听得鑼鳴响見三隻官船插面黃旗上寫欽奉聖旨西岳降香太尉宿元景宋江看了心中暗喜曰昔日玄女有言遇宿重重喜今日得見此人必有主意太尉官船將近宋江截住官船船裡走出紫衣銀帶虞候喝曰你等是甚么船敢截太尉吳用立在船頭上答曰梁山泊義士宋江謹参祗候只要求見太尉有顏容帳司曰休胡說太尉乃朝廷大臣如何輕易與你相見宋江曰不容相見只怕驚了太尉朱仝把旗一招岸上花荣秦明徐寧呼延灼引出軍馬擺列岸上客帳司慌入禀曰宿太尉只得出到船頭坐定問曰義士何故截住官船宋江曰我等怎敢截太尉只欲求請上岸別有禀覆宿太尉曰我是朝廷大臣有何事就此說不妨宋江曰太尉不肯聽只恐伴當等不容李应把鎗一招李俊張橫一齊撐出船妆出尖刀跳過船來先把兩個虞候打下水去宋江喝曰休得无礼驚了貴人李俊張順撲地跳下水去把兩個虞候送上船來唬得宿太尉魂不附休只得离船上岸眾人簇扶太尉上馬衆同隨去有詩為証

王節龍旂由帝鄉　雲臺觀裏去行香
郝恰水寨神謀捷　假借名救困亡

宋江先令花荣秦明陪奉太尉上山即令把船上人等并御香祭物金鈴吊掛收拾上山只留李俊張順守船伯太尉上山寨坐定衆頭領兩边侍立宋江跪下告衆曰宋江等為被官司所逼不得已借梁山泊避难專等朝廷招安今有兩個兄弟陷在華州牢裡欲借太尉御香去賺華州事

救滅了火把慕容知府一家斬首抄扎家私分俵衆軍天明計点百姓被火之家給散銀米賑濟把府庫錢粮共載上車送去大寨有詩為証

呼延逃难不勝羞　忘卻君恩肯寇仇　因是天罡并地煞　故為鄉導破青州

李忠回桃花山收拾起錢粮下山魯智深使施恩回二龍山與張青孫二娘收拾錢粮人馬兩下都燒毁寨柵來会宋江領了大隊人馬班師回梁山泊所過州県分毫不擾晁蓋引頭領都到金沙灘迎接至聚義堂坐定慶賀新到頭領智深曰洒家有個相識叫做九紋龍史進見在華陰県少華山與朱武陳達楊春四個在那里聚義洒家思念昔日他在瓦罐寺救助之恩今要去探他一遭回來入夥未知尊意如何宋江曰若得賢弟同往最好可令武松兄弟相伴智深武松二人相辞下山宋江又令戴宗随後探听数日之内來到華陰県少華山遇見伏路嘍囉武松問曰這山上有史大官人麼嘍囉曰你既是尋史大王在此少待武松曰你只說魯智深到來相探不多時只見朱武陳達楊春下山來却不見史進魯智深曰史大官人何在朱武曰近日史大官人下山因撞見一個画匠原是北京大名府人姓王名義曾許華山金天聖帝庙中粧画影壁前去還愿為帶一個女兒名喚玉嬌枝同行本州賀太守亦在庙裡行香見玉嬌枝貌美强要為妾王義不從太守將他女兒奪去又把王義刺配軍州在此经過遇史大官人告訴史大官人殺了防送公人救王義上山心抱不平便徑自去華州欲刺賀太守太守知覺暗使人將史

魯達武松探訪史進

大官人捉去監在牢裡我們欲去救他无計可施智深听罷怒曰如此无理洒家就去結果了他朱武曰請二位到寨商議寨中坐下朱武令設席款待智深焦燥武松曰哥哥切勿造次我和你星夜回梁山泊報知宋公明領大隊人馬來打華州方可智深曰休去報知宋公明看洒家去打那廝衆人那里劝得住次早智深提了禅杖逕投華州去了朱武隨即差兩個嘍囉前去打听消息却說魯智深奔到華州城裡浮橋上只見人都說和尚且自廻避太守過來智深自想曰我正要打他這廝該死尋他一对对撞將過來看見太守那乘轎子却是暖轎子兩边却有十個虞候各执器械守護智深下手不得賀太守却在轎隐眼裡看見智深有殺伐之意回到府中便叫兩個虞候曰你去橋上叫那胖大和尚到府裡赴斋虞候領命來見智深曰太守請師父去赴斋智深暗想正要打他却來請洒家便隨虞候到府裡衆人曰師父放下禅杖請後堂赴斋智深不肯衆人曰你是出家人府堂深処如何許你帶禅杖入去智深忖曰只俺兩拳頭也打碎那廝腦袋便倚了禅杖跟虞候人來賀太守喝叫拿下這秃驢兩边走出四五十公人把魯智深捉下恰似飛蛾投火身傾飛蝙蝠遭竿命必傷毕竟智深怎的脫身且听下回分解

賀太守哄捉魯智深

第五十四回　吳用賺金鈴吊掛　宋江鬧西岳華山

堪嗟梁山智術優　捨身棄命報冤仇　神机運処良平惧　妙算行時鬼魅愁
平地已蘇英士獄　青鋒先折佞臣頭　可怜天使真倚伍　坐間危亡自不羞

華州推官叅見太尉

罷拜還並无侵犯宿太尉只得应允宋江執盃拜謝就嘍囉内選個俊俏的打扮作宿太尉宋江吳用扮作客帳司解珍解宝楊雄石秀扮作虞候嘍囉都穿紫衣銀帶執着旌節旛幢仪仗法物抬了御香祭物金鈴吊掛花荣徐寧扮作衙兵朱武朱仝等陪伴太尉秦明呼延灼楊志林冲引人馬分作兩路取城武松石秀先去西岳門下等候只听號起行事分布已定與了山寨逕到河口下舡而行不去報華州太守逕投西岳廟來戴宗報知雲臺觀主人等直至舡邊迎接上岸觀主拜見太尉吳用曰太尉于路染病免見且扶策太尉上轎逕到岳廟歇下客帳司吳用曰太尉奉聖旨賷捧御香金鈴吊掛來與聖帝供儀緣何本州官員輕慢不來迎接止有個推官來迎推官曰前路官司雖有文書到州不見近報因此失迎近日少華山賊人糾合梁山泊草寇要打城池以此不敢擅离特差小官前來献酒礼太守隨後便到吳用都引推官去闗鎖取御賜金鈴吊掛來推官看了果然製造得精巧无比渾是七宝珍珠造就中間点着碗紅紗灯不是內府降來民間如何做得吳用又将出中書省許文案付與推官便教太守來商議擇日行礼推官便辭客帳司逕回華州府裡來報賀太守太守慌忙也來参見太尉宋江便教花荣徐寧朱仝李应各執器械分列在兩边解珍解宝各帶暗器侍立只見賀太守領三百公吏各帶刀來吳用喝曰太尉在此閑襍人等不許近前衆人只在門外那賀太守自已入來拜見太尉吳用曰太守你知罪么太守曰賀某不知吳用喝声拿下解珍解宝拔出短刀把賀太守便剁下了頭花荣等

推官行文申奏朝廷

一齊下手把那公人都殺死在地有一半搶出廟門外武松石秀殺将入來三百餘人不留一個宋江急令收拾了吊掛御香下舡都赶到華州時早見城中兩処火起一齊殺将入城先去牢中救出史進魯智深打開庫藏将財帛裝載上車离了華州回到少華山納还御香金鈴吊掛等物拜謝太尉宋江取一盤金銀送了太尉隨從人等都與金銀衆頭領直送到河口交割舡隻回到少華山上與衆好漢商議收拾行粮都望梁山泊來宿太尉來到華州城已知梁山泊賊人殺死賀知府劫去本州府庫錢粮推官動本申奏都做宋江先在途中刦了御香吊掛殺了太守情由宿太尉在廟内焚了御香把金鈴吊掛分付與雲臺觀主星夜回京奏知却說宋江人馬回到梁山泊晁蓋與衆頭領下山迎接到寨相見慶賀只見朱貴上山報說徐州沛縣芒碭山中有夥強人為首一個先生姓樊名瑞綽号混世魔王能呼風喚雨用兵如神手王有兩個副将一個号八臂那吒項充一個綽号飛天大聖李袞這三個要來吞併梁山泊宋江曰我再下山走一遭只見史進曰小弟四人初到大寨无功情願引本部人馬前去收捕這三人來宋江大喜史進領人馬辭了下山三日之內早望見那一座山乃是昔日漢高祖斬蛇之処史進把人馬擺開陣勢只見芒碭山上飛下一彪人馬來當先項充使一面團牌插飛刀二十四把百步取人无有不中一個李袞也使一面團牌背插二十四把標鎗亦能百步取人右手仗劍出到陣前見了史進人馬過不打話衝動團牌直滚入陣來史進等抵當不住後軍先走史進前軍抵敵朱武中軍各自逃生

被僧殺得人亡馬倒退走八十里史進險些中了飛刀傷了戰馬史進正憂只見軍士報來北边有軍馬來到史進看時乃是宋公明吳用花栄徐寧公孫勝柴進朱仝呼延灼穆弘孫立黃信呂方郭盛統領二千人馬來到史進備說項充李袞飛刀標鎗难近折了人馬宋江大驚公孫勝曰兄長放心這内中必有行妖法之人來自我排一陣法要捉此三人宋江大喜次日公孫勝献出這一個陣法正是計就魔王須下拜陣圖神將恁施為且听下回分解

公孫勝擺八陣圖勢

○五十五回　公孫勝芒碭降魔　晁天王曾頭中箭

背後之言不可听　得饒人处且饒人　魂收芒碭无家鬼
殞却梁山寨主身　諸將縞衣先後断　九泉金鏡恨难伸
可怜葢世英雄骨　权葬荒城野水濱

公孫勝献出孔明陣圖四面八方六十四隊中間大將居之其像四頭八尾左盤右旋按天地風雲之机龍虎鳥蛇之狀待他步入陣來只看七星号帶起处把陣变為長蛇之陣教這三人陣中无門可出却于地下掘一陷坑兩边埋伏撓鈎手伺候宋江大喜傳令而行擺開陣势摇旗擂鼓芒碭山上三個好漢那一個為頭的姓樊名瑞乃濮州人氏慣使流星鎚会行妖法神出鬼沒号混世魔王騎匹黑馬領了項充李袞立于陣前看了宋江軍馬擺成陣势心中暗喜曰中我計了分付項充李袞若見風起你二人便引衆乃手殺入陣去樊瑞左手挽定流星鎚右手仗着宝劍口中念詞喝声道疾只

新刻水滸全傳　十二卷　十

見狂風大作走石飛砂項充李袞引五百滚刀手殺將過來宋江軍馬分開兩边宋江坡上望見項充李袞已入陣裡陳達把七星号帶一招紛々滚々变作長蛇之陣項充李袞正在陣内尋路不見公孫勝拔出松紋古錠劍來口中念動咒語只見天昏地暗殺氣濛々樊瑞項充李袞奪路回陣正走之間三個楊了双腳攧下陷馬坑兩边撓鈎手搭將起來綁縛解上山坡宋江揮三軍掩殺過去小軍敗回山寨宋江收兵教解了樊瑞項充李袞綁索親自把盞曰久聞三位大名欲來祈請上山同聚大義三個拜伏于地曰久慕及時雨大名只是无緣拜識今日被擒方死犹輕若蒙收留必當死報請衆位頭領同到芒碭山寨賞待樊瑞拜公孫勝為師宋江令公孫勝傳授他五雷天心正法樊瑞收拾山寨錢粮燒毀寨柵跟宋江回梁山泊正待渦渡只見

嘍囉綁解樊瑞二人

岸上一個大漢望宋江便拜宋江扶起問曰足下是誰那漢曰小人姓段名景住因赤髮黃鬚人都呼小人為金毛狗祖居涿州人氏常去北边販馬帶得一疋千里馬唤作照夜玉獅子久聞大名无路可見欲將此馬進献來到凌州曾頭市過被那曾家五虎奪去小人称說是宋公明的他不肯还特來告知宋江看這人骨巨肉粗生得奇怪便曰既然如此同到山寨商議宋江教樊瑞項充李袞段景住和衆頭領都相見了設席慶賀飲酒中間段景住又說起那馬好处宋江教戴宗去曾頭市打听那消息即回來報曰曾頭市上共有二千餘家内有一家唤作曾家府原是大金国人名曾長官生下五子号為曾家五虎長子曾塗次子曾参三子曾索四子曾魁五子曾昇教師

林冲大戰曾魁敗走

史文恭副教師蘇定聚有五七百人馬造五十輛陷車立下誓願要捉山寨頭領那疋千里出爲晁今史文恭騎坐数市上小兒歌曰

擂動鉄鐶鈴　鬼神尽皆驚
鉄車幷鉄鎖　上下有尖釘
掃蕩梁山清水泊　剿除晁蓋上東京
生擒及時雨　活捉智多星
曾家生五虎　天下尽聞名

晁蓋听了大怒這畜生如此无礼我親去捉他宋江曰哥〻是寨主不可輕動小弟願往晁蓋曰你下山多次今番該我去宋江苦諫不從晁蓋点五千人馬二十個頭領郎是林冲呼延灼徐寧穆弘刘唐張横三阮楊雄石秀孫立黄信杜迁宋万燕順歐鵬鄧飛楊林白勝部領人馬進発宋江吳用公孫勝就金沙灘餞行飲酒之間忽起一陣旋風把中軍旂吹折衆人失色吳用諫曰此不祥之兆兄長改日出軍晁蓋曰天地風雲何足怪趂此春暖正好進兵渡水去了宋江怏悒不已只得回寨且教戴宗去打探消息晁蓋引領人馬來到曾頭市对面下寨次日引衆頭領來看曾頭市地势果然高山峻險晁蓋等正看之間只見竹林中飛出一彪人馬來乃是曾家第四子曾魁高声喝曰你等梁山泊草寇自來送死晁蓋大怒令林冲出馬戰上二十餘合不分勝敗曾魁料戦林冲不過回馬便走林冲不赶晁蓋引軍回寨商議林冲曰明日引人向市前平川之地列成陣势便見虚実忽听炮声响处七個好漢披掛教師史文恭弯弓插箭坐下千里玉獅子馬手執方天画戟三通鼓罷曾家陣裡推出数輌陷車放在軍前曾塗罵曰反国草寇我曾府裡正要來捉你

活的陷車觧京請功晁蓋大怒挺鎗直取曾塗衆将怕晁蓋有失一齊掩殺曾塗退入村裡林冲見路途不好收兵回寨毎日挑戦曾頭市上不見一人第四日兩個和尚到晁蓋寨　投拜曰小僧是法華寺僧人被曾家不時寺裡擾害无处申冤小僧知他出没法处特來請頭領入去劫寨除得他実乃天幸晁蓋大喜置賞和尚林冲諫曰哥〻休听其中有詐和尚曰小僧是出家之人安敢妄語久聞好漢所過之处並不擾民衆将皆曰哥〻休听他謬言恐有失悞不使和尚曰小僧实被曾家擾害因此特來拜投頭領何故相疑晁蓋曰疑人悞事今晚自去走一遭林冲曰哥〻休去我等分　半人馬去劫寨哥〻外面接应晁蓋堅意自去當下点十個頭領刘唐三阮呼延灼歐鵬燕順杜迁宋万白勝當夜三更時分馬摘鸞鈴軍士悄〻跟和尚到曾頭市上絶无更点之声黑影裡不見和尚四下路雜軍士邦慌報與晁蓋知道急教取旧路回走不到百步只見四下金鼓齊鳴一彪軍馬當頭乱箭射來一箭正中晁蓋臉上倒撞下馬呼延灼燕順死併後刘唐白勝救得晁蓋上馬殺出林冲等引軍接应両軍混戰到天明各自帰寨一阮杜迁宋万水裡逃得性命歐鵬回到帳中衆頭領看晁蓋急拔出箭來血暈倒了林冲敷上藥木令一阮

晁蓋劫寨被射落馬

朱富送回山寨其餘頭領在帳中待宋公明將令回軍這場大敗正应折旂之兆有詩為証

威鎮边陲不可當　梁山寨主是天王
最怜率尔圖曾市　遽使英雄一命亾

當日衆頭領悶上不已小校报前面四五路人馬殺來火把不知其数林冲等一齊上馬迎寨

晁盖將危囑付宋江

而起曾叅曾索當先殺來林中回身來迎兩下交戰鬥上数合因是夜間林中不敢恋戰回馬便走曾家軍馬捲殺將來林中軍馬退走五六十里方纔得脫又折五七百人望山泊來回到半路迎着戴宗傳令教衆頭領引軍回寨別作良策晁盖飲食不進渾身虛腫宋江等至床前痛哭煎藥調理晁盖身体沉重轉頭看宋江囑付曰賢弟保重捉得射死我的典吾執仇死亦瞑目你自立為寨主言訖而亡宋江見晁盖死了哭得昏悶吳用公孫勝劝曰死生分定何故痛傷且請理会大事宋江哭罷教備辦棺槨收殮停喪在聚義堂上頭領都帶孝小嘍把那枝箭就供養在靈前請僧追荐晁天王宋江毎日領衆舉哀无心管理事務吳用典公孫勝林中并頭領商議立宋公明為梁山主次日焚起香烟林中為首典衆人請出宋公明在聚義所上坐定吳用曰国不可一日无君家不可一日无主今晁盖頭領帰天今日請哥〻為寨主宋江曰晁天王雖死肉尚未冷安敢為主李逵叫道哥〻休說做梁山泊主便做大宋皇帝也做得宋江曰休胡說焚香已罷权居王位上首軍師吳用下首公孫勝左一帶林中為首右一帶呼延灼居長衆人叅拜坐下宋江曰小可今日权居此位全頼衆弟兄同心合意替天行道山寨人馬数多可請衆兄弟分作大寨駐扎聚義所改作忠義堂前後左右立四個旱寨前山三座關隘山下一個水寨兩灘兩個水寨就今日各請兄弟合勤去管其餘頭領各分次序分撥已定各自遵守自宋公明為寨主尽皆欢喜一日宋江聚衆商議與兵欲典晁天王報仇吳用曰衆氏居喪尚不輕動待百日之

後方可與兵宋江欲追荐晁天王請到一僧法名大圓乃北京大名府龍華寺僧人雲游濟寧經過梁山泊就請寨内建道場完満宋江問和尚曰汝北京亦聞知有豪杰否和尚答曰頭領如何不聞河北玉麒麟之名宋江猛然村起曰北京城裡是有個盧大員外双名俊義綽号玉麒麟善使鎗棒梁山泊若得此人何怕官軍緝捕吳用笑曰若要此人上山何难哉宋江曰他是北京第一長者如何肯來落草吳用曰略施小計便教此人上山宋江曰人称先生為智多星的不虛傳敢問先生用甚計策吳用說出計來且所下回分解

衆頭領立宋江為王

新刻全像水滸傳十二卷終

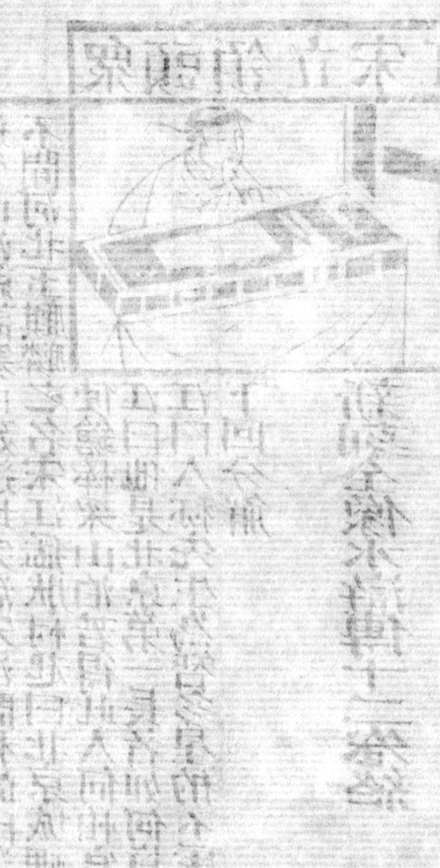

新刻全像忠義水滸傳卷十三

○第五十六回　吳用智賺玉麒麟　張順夜鬧金沙灘

通天徹地　能文会武　廣交四海英雄　胸藏錦綉　義氣更明
瀟洒綸巾野服　笑談將白羽揮兵　聚義処八人瞻仰　四海久馳
名　韻度同諸葛　運籌帷幄　种竭忠誠　有才能冠世　玉柱高
擎　遂使玉麟埽伏命　風雷驅使天下　梁山泊軍師吳用　天上
智多星

吳用辭別宋江下山

吳用曰小生憑三寸之舌往北京說盧俊義上山只少一個麁心大胆伴當畢逵曰小弟與軍師同去吳用曰你若去須依我三件事李逵曰便是三十件也依你吳用曰第一件要戒酒第二件打扮做道童隨我第三件最難不要說話只做啞子依這三件事便帶你去李逵曰不吃酒做道童却依得不說話却是逼殺我吳用曰你若開口便惹出事李逵曰也容易我只口裡啣個銅錢便了當日吳用收拾行李宋江與衆頭領都在金沙灘送別回寨吳用李逵行了旬日來到北京城外投店安下次日安排吃了吳用分付李逵曰今日入城不是耍處我和你打個暗號我搖頭時你便不可動李逵應諾吳用打扮做筭命先生入城兩個來到城門下把門官在那里坐定吳用進前施礼曰小生姓張名用這道童姓李江湖賣卦今來大郡與人算命身上取出文引令衆軍士看了衆人曰這個道童眼光得絲恰似賊一般李逵听了正待發作吳用搖頭便走對軍士曰這個道童聾啞不会說話望乞恕罪辭了便行李逵眼隨望市心來吳用搖鈴杵念四句口号道

甘羅發早子牙遲　彭祖顏回壽不齊　范丹貧窮石崇富　八字生來各有詩

吳用與盧俊義談命

吳用曰時也運也命也若要問前程先送銀一両說罷又搖鈴杵轉到盧員外門首自歌自嘆盧員外正在廳前听見街上喧鬧問何緣故當值報衆街上一個筭命先生在街上討銀一両筭命一張道童且是異樣盧員外曰既出太言必有廣學就我請來當值請吳用見那盧員外生得如何有滿庭芳詞為証

目炯双瞳　眉分八字　身軀九尺　儀表似天神　義胆忠肝貫日吐虹　志氣淩雲馳声譽　北京城內　原是富豪門　殺場臨敵処　冲開万里　掃退千軍　懷赤心報国建立功勛　慷慨名揚宇宙論英雄播滿乾坤　盧員外双名俊義　河北玉麒麟

吳用進前施礼盧員外問曰先生貴鄉何処吳用答曰小生姓張名用自号談天口祖貫山東人氏能筭皇極先天之数送銀一両方才筭命盧俊義請入後堂坐定茶罷叫當值的取銀一兩來便曰在下甲子年乙丑月丙寅日丁卯時吳用將筭盤筭了一回大叫一声怪哉盧俊義大驚問曰賤造主吉凶吳用曰員外若不見怪當以直言盧俊義曰正要先生與迷人指路但說不妨吳用曰這命目下百日之內家私不能保守死于刀劍之下盧

俊義王僕入店安歇

俊義笑曰盧某生于豪富之家祖宗積徳我又不為非事怎有刀劍之灾只用郎將銀付还哭曰原來只爱保奬小生告退盧俊義曰先生息怒願听指教吳用曰員外貴造今年日犯歲君正交恶限百日之内屍首異処此乃生來分定不可逃也俊義曰可以廻避否吳用再弄一回曰除非是東南方巽地千里之外方可免此大难有四句卦歌小生說與員外寫于壁間日后為騐吳用取筆去粉壁上寫四句歌曰

芦花叢裡一扁舟　俊杰俄從此地遊
義士若能知此理　反躬逃难可无憂

盧俊義讀了一遍吳用起身便行盧俊義相留不住送出門首吳用回店收拾行李对李逵曰大事成矣作急回寨去了盧員外自算命之後坐臥不安便喚王管李固商議那李固原是東京人氏因來探親不遇失所盧員外收他做個主管寫書算法自專当日堦前拱背跪問其故道難言乃北京人氏幼丧父母俊義抚育為养子工頗巧匠刺成遍身花綉吹弹唱舞拳棒相撲无有不能因他生得俊俏伶俐綽号浪子燕青当日俊义說與算命有血光灾除非東南千里可避我想東南方泰安州東岳天齐仁圣帝金殿管天下人民生死禍福一則燒香祈福二則躲避非灾三者做些買賣裝载些山東貨物跟我去走一遭燕青曰主人此去山東泰安州路経梁山泊過今有宋江等在那里打刼主人要去燒香等太平了去休听算命人胡說敢是梁山泊反人假粧扇惑來賺主人去那里落草盧俊義曰我覩梁山泊賊如同草芥說恍来了屏風後走出員外渾家賈氏年方二十五歲劝曰員外休听算命的胡說要去虎穴龍潭受驚只在家中静坐自然无事俊義曰我命可信其有不可信其无我既主定你等不必多言便叫李固說我買賣尚不省要帶你同去李固曰小人脚気的症走不得路員外怒曰养軍千日用在一朝誰敢再說李固只得收拾行李轉行貨裝上車子解押出城伺候次日俊義拜辞家堂分付娘子看家賈氏曰官人路上小心洒淚而别盧俊義提了桿棒欣然上路行了十餘日到個処所客店歇下天明要行只見店主对盧俊義曰此去二十里正從梁山泊边盧俊義曰原來如此便教把衣箱打開取出四面白絹旗摔在車上每面旗上寫四句詩曰

俊義大戰梁山諸將

慷慨北京盧俊義　遠駝貨物離鄉地
一心只要捉強人　那時方表男兒志

李固并衆人看了跪下告曰主人可怜見留下小人等性命回鄉去罷俊義喝曰你等燕雀安知鴻鵠之志哉我平生本事今日幸然逢此机会不就這里發露更待何時我便向前你們押車隨後李固等哭只得隨他盧俊義提了朴刀引了車仗奔梁山泊路上來只听林子裡一声胡哨李固和人没躲処俊義教把車仗推在一边車夫都躲在車下李逵提斧大叫曰盧員外你認得我啞道童麼你中我軍師妙計快來入夥盧俊義大怒來鬥李逵不到三合李逵望林子裡便走盧俊義隨後赶來李逵東閃西走引得盧俊義性発搶入林來李逵飛奔乱松林裡去盧義都待回身只見松林傍边突出一個胖和尚來提着禪杖大叫員外不要走識得花和尚魯智深麼今奉宋江

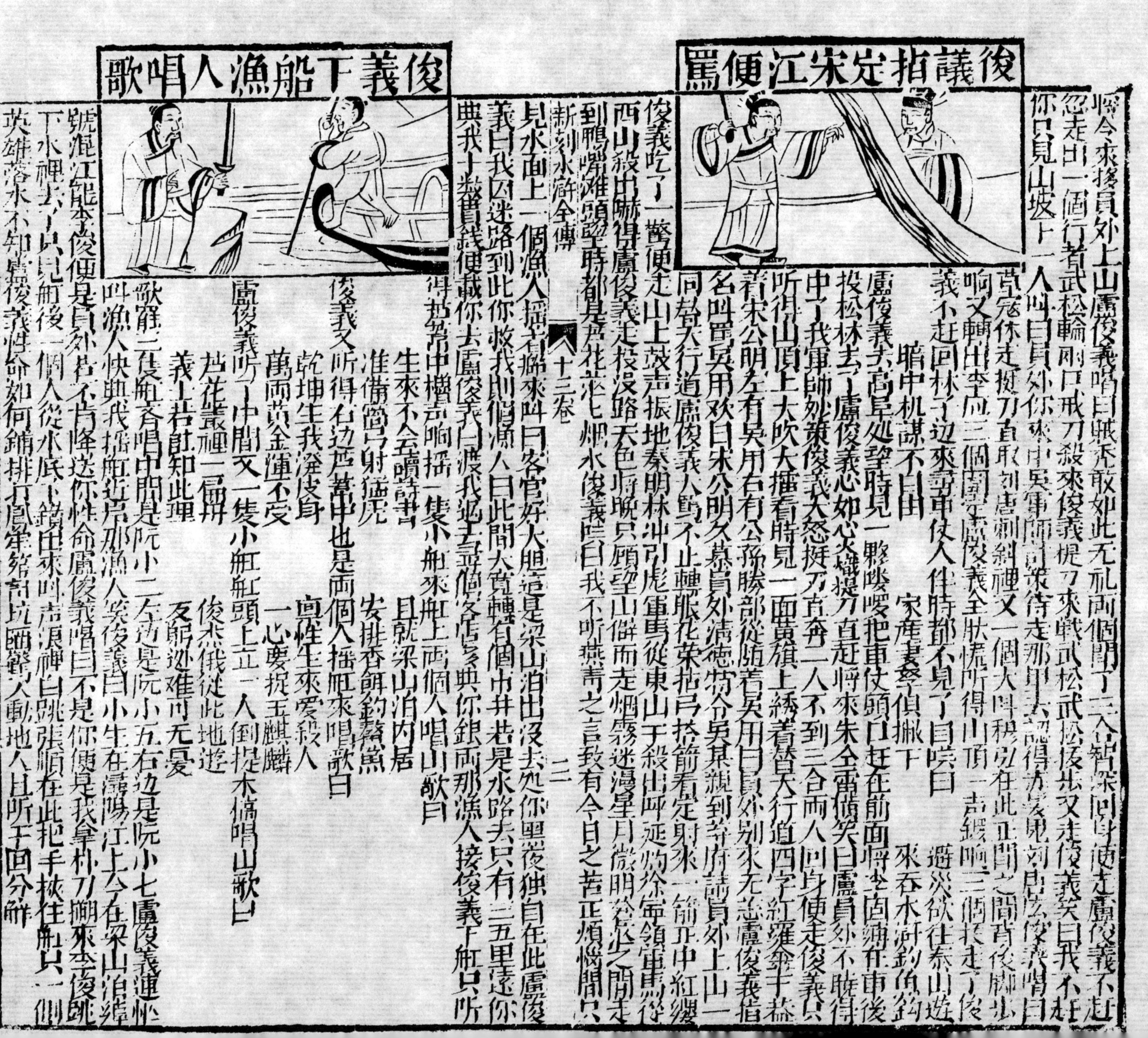

俊義指定宋江便罵

俊義下船漁人唱歌

將令來擒員外上山盧俊義喝曰賊禿敢如此无禮兩個鬥了三合智深回身便走盧俊義不趕忽走出一個行者武松輪兩口戒刀殺來俊義提刀來戰武松武松拖步又走俊義笑曰我不趕你只見山坡下一人叫曰員外你來中吳軍師計了可來待走那里去認得劉唐么俊義喝曰草寇休走挺刀直取劉唐剛斜裡又一個大叫穆弘在此正鬥之間背後腳步响又轉出李應三個圍定盧俊義全然慌了所得山頂一声鑼响三個投走了俊義不赶回林子边來尋車仗人伴時都不見了自嘆曰

避災欲往泰山遊
暗中机謀不自由
家產妻孥俱撇下
來吞水滸釣魚鈎

盧俊義去高阜処望時見一夥嘍囉把車仗頭口赶在前面將李固綁在車後投松林去了盧俊義心如火熾提刀直赶將來朱仝雷橫笑曰盧員外不曉得中了我軍師妙策俊義大怒挺刀直奔二人不到三合兩人回身便走俊義只听得山頂上大吹大擂看時見一面黃旗上綉着替天行道四字紅羅傘下盖着宋公明左有吳用右有公孫勝部從隨着吳用曰員外別來无恙盧俊義指名叫罵吳用欢曰宋公明久慕員外清德特令吳某親到寺府請員外上山一同替天行道盧俊義大罵不止轉帳花榮拈弓搭箭看定射來一箭正中紅纓俊義吃了一驚便走山上鼓声振地秦明林冲引彪軍馬從東山下殺出呼延灼徐寧領軍馬從西山殺出唬得盧俊義走投沒路天色將晚只顧望山僻而走烟霧迷漫星月微明荒恐之間走到鴨嘴灘頭望時都是蘆花茫茫烟水俊義嘆曰我不听燕青之言致有今日之苦正煩惱間只

見水面上一個漁人搖着櫓來叫曰客官好大膽這是梁山泊出沒去处你黑夜獨自在此盧俊義曰我因迷路到此你救我則個漁人曰此間大賓轉有個市井若是水路去只有三五里遠你典我十數貫錢便載你去盧俊義曰渡我過去尋個客店多典你銀兩那漁人接俊義下船只听得芦葦中櫓声响搖一隻小船來船上兩個人唱山歌曰

生來不会讀詩書
且就梁山泊内居
準備窩弓射猛虎
安排香餌釣鰲魚

俊義又听得右边芦葦中也是兩個人搖船來唱歌曰

乾坤生我潑皮身
賦性生來愛殺人
萬兩黃金渾不受
一心要捉玉麒麟

盧俊義听了中間又一隻小舡舡頭上立一人倒提木篙唱山歌曰

芦花叢裡一扁舟
俊杰俄從此地遊
義士若能知此理
反躬逃難可无憂

歌罷三隻舡齊唱中間是阮小二左边是阮小五右边是阮小七盧俊義連忙叫漁人快與我搖舡近岸那漁人笑俊義曰小生在潯陽江上今在梁山泊綽號混江龍李俊便是員外若不肯降送你性命盧俊義喝曰不是你便是我拿朴刀搠來李俊跳下水裡去了只見船後一個人從水底下鑽出來叫声浪裡白跳張順在此把手揪住船只一側英雄落水不知盧俊義性命如何鋪排打鳳牢籠計坑陷驚人動地人且听下回分解

○第五十七回　放冷箭燕青救主　劫法場石秀跳樓

一烟水茫茫雲霧重　罡星應在山東　岸边埋伏金鎗手　船底深藏玉水龍
月朦朧　法華開処顯英雄　麒麟慢有擎天力　怎出軍師妙計中

吳用囑付李固下山

盧俊義被張順排番小舡倒撞下水張順却在水底下攔腰抱住捉上岸來点
起火把圍圍圍住綁縛了只見戴宗傳令不得傷犯盧員外貴体將錦衣綉襖
典俊義穿了扶上馬遂遂七十数対紅紗灯籠簇擁前來迎接乃是宋江吳用公
孫勝一齊下馬俊義亦下馬來宋江跪下俊義忙拜曰既被擒捉願求一死宋
江笑曰員外上馬直到忠義堂上宋江拜曰久聞大名実員外威德倘蒙不棄
為寨之主共听號命如何俊義答曰寧受死亡実難從命吳用曰既員外不願
難以過勸今待員外至此略住数日却送回府盧俊義曰小生在此不妨只恐
家中不知憂慮老小吳用曰先教主管李固回去問李固曰你的車仗貨物都
有麼李固應曰一些不少宋江教取兩錠銀典李固賞十個車夫衆人拜謝盧
俊義分付李固你回家中対娘子說我過五日便回李固只要脫身応了便去
吳用起身曰員外小坐小生送李固下山便來吳用先行計却到金沙灘等候
只見李固入往下山吳用便喚李固分付曰你主人今坐第二把交椅未曾上山時先寫四句反
詩在家裡壁上每一句起頭一個字包藏盧俊義反四字你們怎知今日你們自回去休望主人
回來李固拜謝奔回北京吳用回到忠義堂盧俊義曰感承衆頭領好意相留争奈小可度日如

年今日告辞宋江曰小可幸識員外輪日相待不覺一月有餘俊義又要告回李逵叫曰我北京
請你來却不吃我的筵席欺人太甚吳用劝曰員外必寬再住几日不意在梁山泊過了兩個月有
餘又是中秋節近俊義思帰対宋江訴說宋江見其帰苦切便曰來日金沙灘餞行盧俊義大喜

俊義路遇燕青報知

次日宋江把衣服刀棒送还俊義典衆頭領送到金沙灘作別自回俊義撒開
脚步奔回旬日到得北京城外店中歇了一夜次日入城只見一人頭巾破碎
衣衫襤褸看見盧俊義看時却是燕青驚問曰你怎的這般模樣細問緣故燕
青曰自從主人去後李固回來対娘子說主人順了梁山泊坐第二把交椅今
去官司首告他已和娘子做一路趕我出來將衣服尽行奪了分付親戚但有
人安着小人他便去官司告我因此只得城外求吃度日权在庵内安身主人
再向梁山泊去別作商議若去家中必遭圈套俊義喝曰我娘子不是這般人
你休胡說燕青曰主人怎知娘子和李固原通私情主人若去必遭毒手大哭
拜拖主人衣服俊義踢倒燕青自入家中大小主管見了大驚李固忙來迎接
到堂上納頭便拜俊義便問燕青安在李固曰主人歇息定了然後稟知賈氏
從屏風後哭將出來俊義曰娘子休哭且說燕小乙怎的不見賈氏曰官人且
吃早飯听說不進安排飯食與員外吃方纔舉筯只听前後門喊声齊起三百個公人搶將入來
把俊義綁了解入府來見梁中書賈氏和李固也跪下中書喝曰你是良民怎的去梁山泊入夥
提你到此有何理說俊義曰小人一時被吳用假作賣卦先生來家哄我賺到梁山泊經過被賊

燕青跪告蔡福送飯

人拿小人上山泊了四個月今日脫身回來並无反意梁中書喝曰見今你妻子同李固出首还敢不招李固曰主人到這裡招了罷家中粉壁上寫着藏頭反詩為証賈氏曰不是我害你只怕你連累我俊義哭叫枉屈李固曰不必叫屈是真还只早招免苦李固上下都使了錢張孔目上廳稟曰這個不打不招梁中書喝叫左右把俊義綑翻在地打得皮開肉綻鮮血迸流俊義打熬不過只得招了梁中書教取一面死囚枷釘了押下牢裡押牢節級把手指曰員外認得我麼俊義看了不敢做声那人是兩院押牢節級北京人氏手段高強姓蔡名福人都呼為鐵臂膊傍边親弟蔡慶做小押獄本性愛戴花人都叫做一枝花蔡福對蔡慶曰你監守這個死囚我家去便來出離牢門首只見一個人來手裡提着飯罐蔡福認是浪子燕青使問曰燕青你做甚麼燕青跪下曰節級哥哥可怜主人沒人送飯小人教化得半罐子飯送與主人充飢望節級哥哥行個方便此事我知你自送去燕青提飯入去蔡福轉過州橋來只見一個茶博士叫住曰有個客官在小樓上專等節級說話蔡福上到樓來看時却是李固蔡福曰有何見教李固曰小人的事都在節級胸襟只要絕他根芽无甚孝順這五十兩蒜條金送與節級蔡福曰你占他家私謀他老婆把五十兩金子與我結果了他日後提刑官查出怎了李固曰只是節級嫌少小人再添五十兩蔡福曰李固你割猫兒尾伴猫兒飯北京有名的盧員外只值得百兩金你若要結果他須把五百兩金子與我李固曰金子有在這裡都送與節級只要今日成事蔡福收了金子便

新刻水滸全傳 〈十三卷 五

柴進送金賄囑節級

曰明早來扛屍李固拜謝去了蔡福正回到家裡只見一人入來便揖蔡福答礼請入閣裡分賓主坐下蔡福問曰客人到舍有何見教那人曰節級休要吃驚在下滄州人氏姓柴名進今奉宋公明將令差來打听盧員外消息誰知被淫婦姦夫陷害監在牢裡性命懸絲久聞足下仗義全忠好漢今將千兩黃金在此送你買命若有差池兵到來打破城池尽皆斬首蔡福听了大驚曰且請好漢回步自有措置柴進辭別去了蔡福知了這個消息回去牢中把此事对弟說知蔡慶曰殺人須見血救人須救急既與你千金你替他上下使用梁中書張孔目都是貪利之徒接了賄賂必定周全盧俊義性命配將出去任梁山泊怎的救他便了蔡福曰你說的正合我意且安排酒肉將息盧員外備個消息與他暗地裡把金子買負節已定次日李固不見動靜前去蔡福家催併蔡福曰我們正要下手中書不肯你自去上面使用我這裡何难李固隨即投人情去見梁中書中書曰這是押牢節級的勾當兩下裡相推張孔目已得金子將文案拖延梁中書行道盧俊義雖有原告却无实跡难問真犯脊杖四十刺配三千里不知相公意下如何梁中書曰孔目見得極明隨喚蔡福牢中取出盧俊義除去長枷杖四十即換出七斤行枷便差董超薛霸解押配去沙門島原來董超薛霸開封府做公人解押林冲去滄州回來被高太尉尋事刺配北京董薛兩個領了公文带俊義离了州衙起身李固知了大驚使叫人來叫兩個公人去酒店內酒食款待李固曰盧員外是我仇家孔无甚礼相送這兩個大銀权為壓事煩附靜処結果

他性命回來無人再送五十兩蒜條金子與董超二人見了兩錠大銀心中大喜收了銀子回來收拾包裹起身盧俊義曰小人今日受刑杖瘡疼痛容明日上路薛霸罵曰你便閉了鳥嘴老爺自悔氣遇你倘神沙門島往回六千里有餘用多少盤費盧俊義忍氣吞声只得走出東門外董超將衣包裹掛在盧俊義看頭上做了四人死可奈何正值暮秋天氣紛紛黃葉墜對對寒鴻飛只聽見橫笛之声盧員外哭哭吟詩一首曰

燕青救主射死公人

誰家玉笛弄清秋　撩乱无端惱客情
自是斷腸聽不得　非干吹出斷腸声

兩個公人路上做好做惡管押前行村中尋店安歇便叫小二做飯二人吃飯了盧員外不敢討吃剩下殘湯冷飯與員外吃了薛霸又提一盆滚湯與盧俊義洗脚被薛霸扯住兩脚按在滚湯裡痛楚难禁薛霸曰老爺伏侍你顛倒做扁臉把盧俊義鎖在房背後二人自睡到四更起來叫小二哥做飯自吃了收拾要行盧俊義看脚時都是滚湯泡腫那時草鞋不見董超把新草鞋與他穿上都打碎了脚當日秋雨淋漓路上又滑盧俊義一步一攧薛霸拿棍便打董超倒劝兩店行了十里到座大林薛霸曰我二人起來早困倦要在林子裡睡一睡只怕你走了俊義曰小人插翅也飛不去薛霸曰难信你說把盧俊義綁在樹上薛霸叫董超去看有人來咳嗽為號薛霸拿棍看盧俊義曰是你家主人教我路上結果你同去沙門島也是死不如早打發門路陰司去休要怨我俊義淚如雨下想必是死薛霸拿起棍望俊義腦後劈來

燕青路遇楊雄石秀

董超听得裡面撲地一声响慌忙走入來看見薛霸倒仰樹下心窩裡露出箭桿却待要叫只見樹上一人叫声撒手响処董超額頭上一箭倒地那人跳將下來把他刀割斷繩枷抱住頭外放声哭盧俊義看時却是浪子燕青叫曰莫不見魂魄和你相会麼燕青曰自從閉守前跟定這廝二人請去說話必見害主人日後跟出城來又在店中見他作賤我本要殺這二人奈店内人多不敢下手今早我先在這里等候公人必來這林子裡下手被我兩箭結果了俊義曰既救我命射死公人這罪越重了那里去好燕青曰當初因是宋公明甚了主人今日不上梁山泊別无去処俊義曰我脚疼痛行路不得燕青便去公人身上搜着銀兩帶了弓弩扶着俊義投東而走不到十數里早馱不動見一酒店入到裡面買些酒肉充飢却說來往人見林子裡射死兩個公人近村里正得知却來大名府首告知府隨即差官下來檢驗却是董薛二公人回報梁中書着落大名捕捉児身做公的看了箭眼見得是燕青的有一二百做公的到処帖告示遠近挨捕捉拿那盧俊義正在店裡將息杖瘡店主小二連忙去報知社長社長轉報做公的燕青為无下飯拿弓去射鳥雀却待回來只見村裡發喊燕青躲在樹林裡見有一二百做公的把盧俊義縛在車上去了燕青待要救時又无軍器只得忍氣吞声思投梁山泊報知宋公明教他來救主人取路行了半夜入到林內睡到天明走出林外有鵲雀叫燕青取出弓箭望空祈禱曰燕青只有這一箭若是救得主人箭到鵲落若是我主人合休箭到鵲飛去視鵲搭

石秀劫法場救俊義

箭射去正中喜雀後尾直飛下崗去不見喜雀只見兩個人來是石秀楊雄燕青忖曰我没盤纏不如奪這兩個包裹以濟目下赶去把後面石秀後心一拳打倒前面楊雄回身把燕青打番在地石秀扒起踏住燕青拔刀便劈燕青叫曰我死无妨誰去梁山泊報知宋公明救我主人楊雄曰你是浪子燕青曰我正是楊雄問其來歷燕青把上項事說了一遍楊雄與石秀商議曰我和燕青上山寨報知你可自去北京石秀去了楊雄同燕青來見宋江燕青把上項事備細說了宋江大驚便会衆頭領計議郄說石秀來到北京城店歇了次日入城見人人嗟嘆家家閉戶石秀心疑來到市心問個老丈老丈答曰我這北京有個盧員外因被梁山泊賊入果掠去前日逃得回來被官司捉去擬配沙門島路上害了兩個公人昨日拿來今日午時解市上斬他石秀听了走去市曹路口是個酒楼便上酒楼上坐下叫酒保備酒肉來吃了只見楼下市口鬧熱街上鑼鳴鼓响石秀看時十字路上对刀棒劊子手把俊義押到跪下蔡福拿法刀蔡慶挾枷梢說道盧員外不是我兄弟不救你只是救不得了言罷人叢裡叫曰午時到了開枷蔡慶捉住蔡福提刀在手當案孔目讀了犯由牌衆呼一声開刀石秀应声大叫梁山泊好漢在此蔡福蔡慶撇了員外先走石秀從楼上跳將下來舉起鋼刀殺人如剖瓜切菜一手拖住員外便走石秀不認得路更兼員外唬得呆了越走不動梁中書听報大驚便点帳前頭目引各部軍馬去赶他把四門鎖上軍兵守把且看石秀盧員外走向那里去正是閑陸地无牙爪冲上青天欠翅飛且听下回分解

新刻水滸全傳

戴宗刷帖智救秀義

○第五十八回　宋江兵打北京城　關勝議取梁山泊

北京留守多雄偉　四面高城巘肰起　西風颯颯駿馬鳴　此日兇囚當受死
俊義之兇难雪洗　時刻便為刀下鬼　紛紛劊子乱如麻
後擁前遮集如蚁　英雄忿怒秉青鋒　翻身直下如飛龍
步兵騎士悉奔走　凜凜殺気生寒風　六街三市回首望
屍横骸卧如猪狗　可怜力寡难抵當　将身就縛如摧朽
他時奪出囹圄中　胆気英英大如斗

郄說石秀和俊義在城内无路走出四下人馬把鐃鈎搭住二人尽被捉了、解到梁中書台下石秀大罵害百姓的賊我哥哥早晚引兵來打城池踏為平地把你砍作三截先教老爺來說知厛上衆人都唬呆了梁中書教取大枷來把二人枷在牢中分付蔡福監守蔡福要結識他兩個好漢每日將酒肉相待梁中書喚本府新任王太爺查被殺死的七八十人跌傷的不知其數報名支給官錢医治燒化了屍當日城外報來收了梁山泊帖子十数張不敢隱瞞呈上梁中書看道

義士宋江示仰大名府令為大宋濫官當道污吏專权屈陷良民塗炭百姓北京城盧俊義乃豪傑之士今者啓請上山一同替天行道特令石秀先來報知不期俱被擒捉如若存得二人性命献出淫婦姦夫吾无侵擾倘若誤傷羽翌拔寨與兵同心雪恨大

宋江調撥衆將下山

兵到処玉石俱焚殄滅愚頑義士節婦孝子順孫清慎官吏切勿驚惶各安職分諭衆知悉
梁中書看了便喚太守商議王太守是善儒之人听得這話便與梁中書曰梁山泊這一夥朝廷
幾次收捕他不得况我孤城小処倘若引兵到來悔之晚矣且存二人性命一面寫表奏朝廷一
面奏書呈上蔡太師知道若将二個殺害恐兵臨城深爲未便梁中書依言便
喚兵馬開達天王李成到府商議李成曰量這夥草寇必不肯擅离巢穴相公
不必憂心小将即領兵城下寨草寇若來教他片甲不回梁中書大喜賞了二
将而退次日李成喚先鋒索超傳令曰宋江兵早晚臨城你可領兵离城二十
五里槐樹坡下寨周圍密佈鎗刀四下深藏鹿角原來這帖子却是戴宗听盧
員外石秀被擒却写告示四門帖放保全二人回寨說知宋江大驚吳用曰就
乘此机会去取北京銭粮供寨之用便喚鉄面孔目裴宣分撥大小三軍來日
起程黑旋風做先鋒点典五百好漢先行次撥解珍解宝孔明孔亮第三隊扈三
娘副将孫二娘顧大嫂第四撥李应副将史進孫新各領兵五千中軍主将宋
江軍師吳用守帳頭領四員呂方郭盛孫立黄信前軍頭領秦明副将韓滔彭
把後軍頭領林冲副将馬麟鄧飛左軍頭領呼延灼副将歐鵬燕順右軍頭領
花栄副将陳達楊春帶砲手凌振接應粮草頭領戴宗分撥已定依次而行留下副軍師公孫勝
并守把山寨李俊并守把水寨次日拔寨都起前到庾家疃列成陣勢李成索超遠上望見李逵
手搭双斧高声叫曰認得梁山泊好漢黑旋風麼李成看了與索超笑曰只說梁山泊好漢原來

関勝思文迎接使命

書上馬不日來到蒲東巡檢司下馬當日関勝正和郝思文在衙内議事却報東京使命至関勝
忙與郝思文迎接入衙各施礼罷関勝曰故人今日何事到此宣贊備言梁山泊草寇攻打北京
宣其在太師跟前舉保兄長赴京関勝大喜與宣贊曰這個兄弟姓郝名思文當初他母親夢井
木犴投胎生下此人因此人喚他做井木犴能曉十八般武藝一同前去立功
報国若何宣贊曰最好催請登程當日関勝即同郝思文收拾刀馬盔甲跟随
宣贊起程來到東京拜見太師礼畢蔡京見他龍眉入鬢鳳眼朝天面如重棗
唇若塗硃太師大喜曰梁山泊草寇今困北京將軍有何妙計以觧其圍関勝
稟曰這夥草寇占住水泊今擅离巢穴自取其禍久困北京虚費神力乞請精
兵數万先取梁山泊後拿賊寇教他首尾不能相救破賊必矣此乃圍魏救韓
之計蔡京大喜即調撥山東河北精兵一万五千郝思文為先鋒宣贊為合後
関勝為領兵指揮使步軍太尉段常接應粮草限日起程殺奔梁山泊來正是
要拿天上中秋月先却盤中照乗珠且听下回分解

○第五十九回　呼延灼計賺関勝　宋公明智擒索超

古來豪杰称三国　西蜀東吳魏之北　臥龍才智誰能如
豪英銳卓奇特　中閒猛将无人比　勇力超群独関羽　蔡陽斬首付一笑
芳声千古傳留史　當知世乱英雄出　後代賢良有子孫　梁山兵困北京城
[illegible]　梁公請收赴京師　玉殿綠綸傳臚旨　前軍後合虎狼威

林冲花雲飛虎埋伏

左文右武先光輝　中軍主將是關勝　昂昂志気烟雲飛　黄金鎧甲寒光迸
水銀盔展兜鍪重　面如藍靛美髯鬚　錦征袍上蟠双鳳　襯衫淡染鵝黄皂
雀䴉雕弓金鏃茔　紫碧驊駿猛知龍　玉勒錦鞍双㵾並　宝刀燦々霸雪光
蓋世英雄不可當　除此威風真奇特　亞生義勇武安王

關勝辞了蔡京領人馬离了東京兵分三隊望梁山泊來却說宋江與衆將攻城不下焚香取出玄女天書正看之間覺得神思恍惚便叫小校請軍師吳用商議曰我軍圍多時城中不敢出戰梁中書必使人去京師告急必有良將救兵倘用圍魏救趙之計不可不慮正說之間戴宗來到報說東京蔡京拜請蒲東大刀關勝引軍馬飛奔梁山泊來寨中頭領請兄長軍師回守把吳用曰既肰如此今夜可教步軍先行留下兩枝軍馬埋伏飛虎峪兩边以防城中追赶宋江教花栄林冲各引五百軍在飛虎峪左右埋伏再教呼延灼同凌振領二十五騎軍馬將風火炮离城十里但見追兵來將号炮放起兩下伏兵齊出赶殺追兵次日巳牌時候鳴金收軍城上望見宋江軍馬拔寨都起便去報知梁中書梁中書隨即喚李成聞達商議聞達曰必是京師救兵去取梁山泊這賊恐失巢穴慌忙回去可以乘势追殺必擒宋江城外報馬到來說東京公文約会引兵去取賊巢他若退兵即教追赶梁中書便教李成聞達各帶二千人馬兩路追赶殺來却到飛虎峪口只听得背後火砲齊响李成聞達大驚勒住戰馬看時後面戰鼓齊鳴李成聞達回軍花栄林冲兩下

關勝出戰宋江親敵

殺出前面呼延灼軍馬殺來殺得李成聞達金盔落地衣甲飄零敗走入城堅守不出宋江軍馬回近梁山泊醜郡馬宣贊攔路宋江約起軍馬下寨使人赴水上山報知約会水路兩下救应水寨頭領張横張順我兄弟自來寨中不曾建功如今蒲東關勝三路調軍打我寨栅不若我和你兩個先去劫寨捉關勝立功張順曰我與哥々只管水軍倘或不相救应惹人耻笑張横曰你若不去我今夜自去張順苦諫不听張横点了小船五千餘隻每船上只有三五人各帶蓼葉刀趁月明小舡直抵旱路此時二更關勝正在中軍帳內看書有伏路小校悄々來報芦花泊裡多有小船尽在芦葦裡面埋伏不知何意關勝微々冷笑暗傳号令叫衆軍各人准備埋伏張横引三百人悄々直到寨前望見帳中灯烛下關勝手撚長鬚看兵書張横搶上帳來時房中一声齐喊衆軍喊動如天崩地裂唬得張横回身便走四下伏兵齐出將三百兵尽綁到帳前關勝教把張横陷車盛了其餘尽数陷了并捉宋江一併觧京張順到三阮水寨報說哥々不听小弟苦諫去劫關勝營寨不料被捉阮小七叫曰你是他嫡親兄弟却不去救他我兄弟二人自去救他張順曰不曾得哥々將令阮小七曰若等將令來時你哥々沒了性命張順只得依他当夜四更点起水寨大小頭領一齐殺奔關勝寨來小軍望見報知主將關勝隨即喚首將如此如此依計而行當夜三阮在前張順在後搶入寨來看時寨內不見一人三阮大驚回身便走一声鑼响左右軍馬歩兵分作八路重叠圍住張順跳下水去三阮奪路便走後軍赶上撓鈎齊下把阮小

延灼單馬去賺關勝

七搭住捉將去了阮小二阮小五張順却得李俊童威童猛救回阮小七被捉囚在陷車之中張順從水路裡到宋江大寨中報說消息宋江便與吳用商議怎生退關勝吳用曰來日決戰且看如何只听戰鼓齊鳴關勝引兵搦戰宋江引兵來迎宋江看關勝一表非俗回頭與衆將曰關將軍話不虛傳林冲挺鎗出馬直取關勝〻怒曰教宋江來決戰宋江喝住林消親自出馬欠身與關勝施禮曰鄆城宋江因朝廷不明縱容奸臣當道以此暫居山泊替天行道並无異心關勝喝曰天兵到此尚敢抗拒若不來降教你粉骨碎身秦明大怒拍馬來鬪林冲怕他奪了頭功飛鎗過來逕奔關勝三騎馬厮殺宋江看了恐傷關勝便教鳴金收軍林冲秦明回寨問曰正要擒關勝兄長何故收兵宋江曰吾弟我今忠義自守以強凌弱非所願也吾看關勝英雄之將世代忠臣若得此人上山宋江情願讓位林冲秦明不悅却說關勝回寨伏路小校報說有個鬍鬚將軍疋馬单鞭要見元帥關勝教喚來帳中相見關勝灯光之下便問是誰那人曰小將呼延灼便是前曾與朝廷統領連環甲馬軍征梁山泊誰想中賊奸計失陷軍机不能還京听得[illegible]軍來到不勝之喜早間林冲秦明待捉將軍宋江收軍恐傷足下此人素有归順之心爭奈衆人不肯暗與呼延灼商議正要驅衆人歸順將軍若是肯從明日夜間從小路直入賊寨生擒林冲等寇解京共立功勳何如關勝大喜請入帳置酒相待備說宋江專立忠義為主關勝坦然无疑次日呼延灼與關勝到陣前宋江大罵呼延灼曰我不曾虧你緣何負夜私逃呼延灼曰汝等草寇

索超追起跌落陷坑

成何大事宋江令黃信出馬兩馬相交呼延灼手起一鞭把黃信打落馬下宋江陣前衆將搶出救了回去關勝欲令三軍趕殺呼延灼曰吳用廣有神机若还趕去恐中賊計關勝收軍回寨置酒相待動問黃信之事呼延灼曰此人原是青州都監與秦明花榮一時落草今日先殺此賊挫動鋭氣今夜劫寨必成其事關勝大喜傳下將令教郝思文宣贊兩路接應自引五百軍馬是夜呼延灼當先引路約行半更撞見五六十個伏路小軍抵声問曰來者呼延灼將軍麼宋頭領差我迎接呼延灼喝曰休要做声隨我馬後縱馬先行關勝乘馬在後又轉過一層山嘴只見遠地一盞紅灯關勝問曰此処是那里呼延灼曰便是宋公明中軍關勝殺奔紅灯之下看時不見呼延灼關勝大驚知道中計慌忙回馬听得四下山上一齊鼓响衆軍各自逃生關勝轉出山後樹林中一声砲响四下撓鈎齊出把關勝搭下雕鞍奪了刀馬拿投大寨裡林冲花榮自引軍馬截住郝思文林冲喝曰你主將關勝被擒你何不下馬受縛郝思文大怒二馬相交鬪无数合花榮挺鎗助戰郝思文勢力不加回馬便走撞見扈三娘撇起紅綿套索把郝思文拖下馬來綁了解投大寨秦明孫立引軍去捉宣贊當路迎着約鬪数合孫立側首過來宣贊心慌被秦明一棍打下馬去小軍捉了李应搶奔關勝寨内引兵救了張橫阮小七并奪去粮草馬疋宋江引衆到忠義堂坐下把關勝宣贊郝思文解來見宋江慌忙下堂喝退軍卒親解其縛扶關勝中椅坐下拜曰亾命狂徒冒犯虎威望乞恕罪關勝連忙荅禮呼延灼來伏其罪關勝見宋江義氣

深重只得回頭宣贊郝思文曰我們被擒怎面目回京顉賜一死宋江曰將軍何故出此言倘蒙不棄一同替天行道若是見外便送回京關勝曰人称忠義莭不虛傳顉為部下宋江大喜設筵慶賀使人招安逃竄敗軍差薛永賫書往滿東接關勝老小宋江席上想起盧員外石秀陷在北京潸然淚下流吳用曰兄長不必憂心來日起兵去打北京必然救得關勝曰小將无功願為前部宋江大喜次日傳令就教宣贊郝思文領旧軍馬為先鋒其餘水軍頭領並同往北京進発梁中書與索超在府中商議軍情只見探馬報道關勝宣贊郝思文俱被宋江捉去梁山泊人馬見今又到梁中書听報手足无措索超禀曰恩相休憂小將出擒此賊便引本部人馬出敵那李成聞達隨後接应其時仲冬天氣連日朔風大起宋江兵到索超直至飛虎峪下寨次日对陣宋江引呂方郭盛乜高阜処立看三通戰鼓関勝出陣索超出馬有詩為証

宋江少卧晁蓋托夢

生居河北最英雄　屢與朝廷立大功
双鳳袍笼銀葉鎧　飛魚袋插鉄胎弓
勇加袁達安齊国　壯若灵神劈華峰
馬上横担金蘸斧　索超名号急先鋒

索超見了關勝並不打話輪斧便戰兩個鬪到十合李成見索超戰関勝不下遂舞刀出陣夾攻関勝宣贊郝思文見了拍馬挺鎗迎住宋江看見將鞭稍一指大軍掩殺過去李成軍馬大敗退走入城堅閉不出當晚彤雲四合紛々瑞雪漫空吳用着差步軍前去山边挾処掘一陷坑上用土蓋當夜風雪又大平地約有三尺深雪城上望見宋江軍馬站立不定索超

便引三百軍馬出城冲殺來宋江軍馬散走却教李俊張順迎敵索超交戰数合李俊張順倒鎗便走引索超至陷坑边便叫曰前面走的是宋江索超听了拍馬赶過來連人和馬攧將下去後面伏兵齊起正是爛銀深蓋藏圈套碎玉平鋪作陷坑畢竟何如且听下回分解

張順半夜入店見丈

〇第六十回　晁天王夢中显聖　浪裡白跳水裡報寃

豈知今夜乾坤老　捲地風吼雪正飛
阮々幽林排劍戟　森々竹裡列刀鎗
六花為陣寒風起　万里鋪銀作戰場
却似玉龍初鬪罷　滿天鱗甲乱飛揚

吳用定計捉了索超城中只是不出令軍堅守小校解索超見了宋江親觧其縛請入帳内坐下曰若是將軍不棄同以忠義為主索超本是天罡星自然湊合順了宋江當夜置酒作賀商議攻城席散宋江入帳而卧忽然陰風颯々寒氣逼人看時只見晁蓋叫声兄弟你不收兵更待何時宋江曰哥々屈死寃仇未報日夜在心显灵見責晁蓋曰非為此也今夜報知賢弟有百日血光之災只除江南地灵星可治你快收兵此為上計宋江要問明白赶去被晁蓋推倒覺來却是南柯一夢便請軍師員夢吳用曰既是天王显聖不可不依况今寒凍軍馬难以久住权回山寨來春再攻宋江曰所言虽是争奈盧員外石秀陷于縲絏度日如年我們回去恐城中害他性命進退兩难次日宋江覺得頭如斧劈身似火烘一卧不起衆頭領都在面前看視只見宋江背上赤腫起來吳用曰此病非癰即疽使人医治亦不好張順曰小弟在

潯陽江時因母患一背瘡百藥不能治後請建康府安道全医好只是路遠急速星夜前去請他救治吳用曰兄長夢晁天王所言百日之災惟有江南地靈星可治豈非正應此人教取黃金百兩便差張順作急請來切勿有悮張順背上包袱便行吳用傳諸將回軍將車載宋江回寨城內

張順拜見道全扶起

怕他引誘不敢來追張順連夜趲行來到揚子江邊是日北風大作飛下大雪張順要過大江並无船渡只見枯葦裡面有些烟起張順叫曰梢公快把船來渡我過江只見那梢子出來問曰客官要那里去的張順曰我要去建康至緊快來渡我梢子曰今日晚了只在我船裡歇明日早渡你過江張順曰也說得見便隨梢公上船來見個瘦後生在蓬底下向火梢公教張順脫下湿衣與小後生烘焙張順打開衣包取出綿被和身捲倒在船艙裡叫梢公這里有酒賣否梢公曰酒都没処買要飯便吃一碗張順吃了一碗飯放心去睡了那瘦後生叫梢公曰你見否梢公知有金銀之物把手摇曰你把船開向江心去下手那後生解了攬索把船摇到江心裡梢公取出繩索把張順綑了去檣板下取出刀來張順竟求双手被綁掙扎不得梢公拿刀按在身上張順叫曰饒我性命金子都與你梢公曰金子也要性命难饒張順曰你些我水裡死罷梢公把張順綑丟下水去那梢公打開包裹見裡面許多金子便没心分與那後生便叫五哥和你說話那人鑽入艙裡來被梢公一刀砍了去他在水裡自摇開船去張順水底下伏得三五夜的人一時被推下水去咬脫索子赴水過岸樹林中閃出灯光來張順逕入看是酒店半夜起來榨酒張

新刻水滸全傳　十三卷　十三

順叫開門時見個老丈納頭便拜老人曰你莫不是江中被劫逃命的張順曰小人是山東人姓張建康府安太医兄弟來探望他今日晚了隔江尋船隻不想撞着兩個歹人把小人金銀都奪了去落江中小人赴水逃命望此公公救度則個老丈听了領張順入後屋脫下湿衣賬來

安道全和巧奴去睡

烘盪些熱酒與他吃了乃問曰你從山東來經梁山泊過張順曰正從那里经過老人曰聞知他山上不劫來往客人不殺人性命他只是替天行道若是得他來這里百姓都快活張順曰公公不要吃驚小人便是浪裡白跳張順三為宋公明害背瘡令我來請安道全去医治老丈曰你既是那好漢我叫兒子出來和你相見只見裡面走出一個後生看見張順便拜曰小人久聞大名奈无緣得会小人姓王名定排行第六因我走跳得快人都喚我做活閃婆王定六只好赴水使棒在此賣酒度活恰纔哥哥被那兩個劫的一個叫截江鬼張旺一個是油裡鰍孫五這兩個常在江裡劫人哥哥放心在此住幾日等這廝來吃酒我與哥哥報仇張順曰感承賢弟好意我為兄長之病恨不得一日奔回只等天明入城請太医相会王定六取衣服與張順換了又取出十兩銀子送他張順入城逕到槐橋下看見安道全正在家中用藥張順逕入看着安道全便拜有詩單道安道全好処

昔記良方数卷篇　金針玉刃得師傳
重生扁鵲难应比　万里揚名安道全

安道全祖傳内外科天下馳名見了張順問曰多年不見甚風吹得到此張順把鬧江上梁山泊

的事一一告訴了後說宋江兄患背瘡特來請先八小弟前日在楊子江中險些喪了性命安道全曰若論宋公明義大合皆去最好只是拙荊亾過家中別无親人看覷去遠不得張順曰君是兄長推故不去張順也难回去只得百般哀告安道全方纔應允原來安道全却和一個烟花娼妓李巧奴往來那妓女生得十分美麗詩曰

戴宗店遇張順道全

玉質温柔更老成　玉壺明月逼人清　步搖宝髻尋春去
露湿凌波步月行　丹臉笑開花萼面　玉樓歌罷綵雲停
願教心地長相憶　莫待章臺贈柳情

常晚就帶張順同去他家吃酒酒至半酣安道全對李巧奴曰我今晚和你歇宿明早同這個兄弟去山東不久便回李巧奴曰我恰不要你去你若不依我休上我門安道全曰我藥囊都已收拾了你且寬心耐守巧奴做嬌做癡倒在懷內曰你若去了我咒你肉片飛張順听了恨不得一口吞了這婆娘天色晚了安道全大醉在巧奴房裡睡着巧奴却來發放張順曰你自回去我家又沒睡処張順只不肯去只得安頓他在小房裡歇張順心憂如何睡得着听知有人敲門典那虔婆說話那虔婆問曰早時不來今晚太医醉在房裡怎生奈何那人曰我有十両金子送典姐姐老娘做個方便和我相会虔婆曰你在房裡坐我叫女兒來張順在灯影下見是截江鬼張旺心下火起只見虔婆安排酒食在房裡叫巧奴相陪張順本要搶入去又怕走了這賊到三更時候張順悄悄開了房門到厨下拿了一把菜刀走將入來先殺婆子

要殺使喚的刀口捲了那兩個要叫張順見柴斧在地提起斧來砍死兩個房中婆娘听得慌開房被張順砍番在地張旺跳過墻走了張順割下衣襟抹血去粉壁上寫曰殺人者安道全也安道全此時酒醒便叫巧奴張順曰哥哥我救你看巧奴安道全起來驚曰此事怎了張順曰兩條

宋江見王定六父子

路從你行若是声張起來我自逃了你去償命若要无事連夜上梁山泊安道全喫口无言只得允行安道全典張順回家取了藥囊逕到王定六店裡定六報曰張旺來了張順曰不要驚他看去那里只見張旺去江頭看船王定六叫曰張大哥你留船來載我兩個親眷過江去張旺曰要趁船快來王定六報典張順張順曰安先生可把衣服典小弟換穿好去趁船安道全脫下衣服典張順換穿了王定六背了藥箱三個上船了張順入後梢揭起船板拿刀在手躲在艙裡張旺把船搖到江心張順脫去上盖叫梢公快來船艙裡漏水入來張旺不知是計低頭攢入艙裡被張順揪住喝声強賊前日雪天趁船客人被你謀去百両黄金又要害他性命那個瘦後生那里去了張旺曰小人得財无心分他被我殺了只求饒恕小人一命張順喝曰我生在潯陽江边你認不得只因聞了江州上梁山泊你前日去我下水不是我会水法被了你丧我性命今曰饒了你不得把手脚綑做一團丟下水去三人搖船到岸張順対王定六曰賢弟恩義难忘你若不棄便可同父親帰大寨你意下如何王定六曰小弟即便回家收拾赶來當日張順安道全上岸背了藥箱邦安道全行了三十里脚走不動張順請入店中只見外面一個客人走來叫吉

王定六父子見宋江

兄弟如此遲悞張順看時却是戴宗師兄和安道全相見且問宋公明貴恙如何戴宗曰如今哥哥昏迷待死張順聞言淚如雨下安道全問曰血色如何戴宗答曰肌膚憔悴終夜叫疼安道全曰若是知疼便可医只怕悞了日期戴宗取了兩個甲馬拴在安道全腿上戴宗背了藥箱分付張順你自慢來我同先生先去張順在店歇了兩日只見王定六同父親來到張順大喜曰我在此等你王定六問曰安先生何在張順曰戴兄來到迎請去了王定六同父親跟張順投梁山泊來戴宗引道全連夜投大寨大小頭領接到宋江卧榻前看時口內一絲微氣安道全胗脉曰衆頭領休慌身軀沉重脉息无妨只十日內管取全好衆人斉拜安道全把藥先引出毒氣後用藥敷貼五日內皮膚紅白不過十日瘡口合完飲食復旧張順引王定六父子二人叅見宋江訴說被劫水上報冤之事衆皆称㖈宋江病安便與吳用商議打北京且听下回分解

新刻全像水滸傳十三卷終

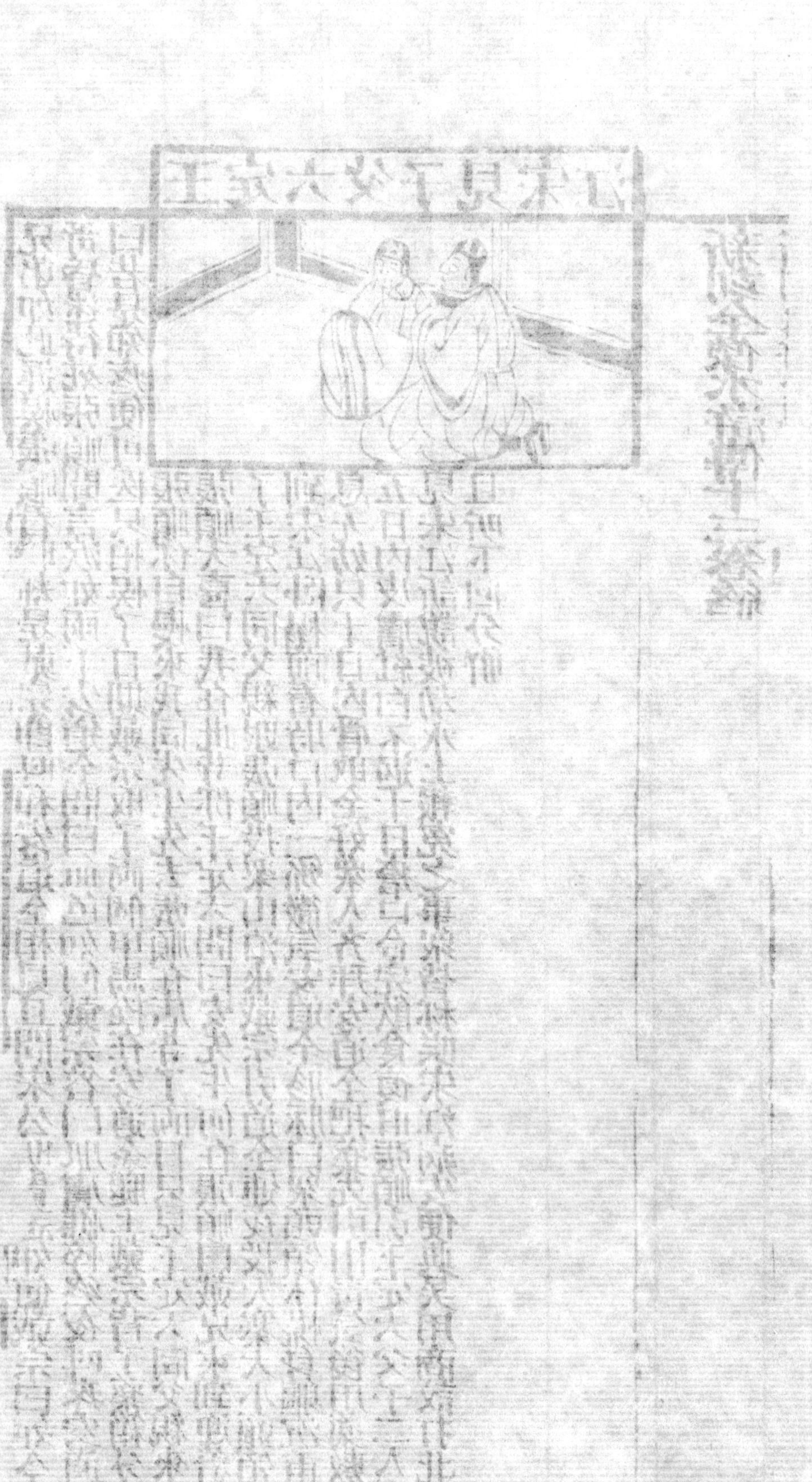

新刻繪像忠義水滸全傳十四卷

吳用與宋江義事情

吳用調撥八路人馬

○第六十一回　時遷火燒翠雲樓　吳用智取大名府

火樹銀花處處同　高樓翻作祝融紅

龍羣虎隊真難制　可笑中書智力窮

却說宋江與吳用商議要打北京救取盧員外石秀吳用曰不勞兄長憂心只顧將息目今初春時候定要打破北京城救他二人以雪其冤宋江曰若得如此非亦晚日吳用就忠義堂上傳令使人去北京各處遍貼告示曉諭居民勿得驚慌處大軍到日自有對頭那蔡太師見說降了關勝大子之前更不敢題只寄書與梁中書教留盧員外石秀的性命即今元宵節近北京年例大張燈火乘此機會裡應外合斷下可破宋江大喜使喚時遷分付你先去北京翠雲樓上只等元宵夜一更時分便去樓上放火是你頭功時遷去了又分解珍解寶扮做獵夫去城中府裡獻納野味劉唐楊雄扮作公人去衙門首歇息只看火起先去的守司前截住報事官軍杜遷宋萬扮作糶米客人去城中歇看樓上火起便去接應史進扮作客人去東門外安歇看火起先斬把門軍士好漢山路魯智深武松扮作行脚僧去城中庵院看見火起便去南門外截住大軍鄒淵鄒潤扮作賣燈客人只看火起便去司前策應公孫勝扮作道士凌振扮作[illegible]去城內僻靜處看火起施放火炮張順燕青從水門入城去盧員外家捉淫婦姦夫王矮虎孫新張青扈三娘顧大嫂孫二娘扮作村裡夫婦入城看燈尋盧員外家中放火柴進樂和扮作軍士去蔡節級家中保救各人性命調撥已定聽令去了却說北京梁中書喚過李成聞達王太守等商議放燈一事梁中書曰北京年例大張燈火慶賀元宵與民同樂今被梁山泊賊人侵境只恐放燈惹禍我意欲禁止你衆官心下如何聞達曰相公放心不必多慮若還今年不放燈時反被賊人恥笑小將親領軍馬去飛虎峪駐扎以防賊人再着李都監領鐵騎軍馬遶城巡邏自然無事梁中書大喜出榜曉諭居民張放花燈諸路買賣聽得放燈都來看燈每日點視燈火不論貧富之家各去賽放花燈帛寸司州橋邊搭起鰲山上面點着奇異燈火翠雲樓前也起一座燈火不計其數這座高樓名冠河北號為第一上有三滴水雕梁畫棟樓下有百十處閣子終夜鼓樂喧天城中宮院各設燈火慶賀新年細作人等得了消息報上山來宋江便要親自領兵去打北京安道全諫曰將軍瘡口未合切不可輕動吳用曰小生替哥哥一行隨即與鐵面孔目裴宣調撥八路軍馬第一隊呼延灼韓滔彭玘把前部黃信在後策應第二隊林冲與馬麟鄧飛為前部花榮在後策應第三隊關勝與宣贊郝思文為前部孫立在後策應第四隊秦明與歐鵬燕順為前部楊志在後策應都見軍馬第五隊穆弘與杜興鄭天壽第六隊李逵與李立曹正第七隊雷橫與施恩穆春第八隊樊瑞與項充李袞八路馬步軍兵起行正月十五二更為期八路人馬依令下山詩曰

梁山好漢城中相遇

却說時遷夜間越墻入城白日在街上行走到晚來東岳廟裡安身正月十三日却在城中看居民搭縛花燈只見解珍解寶挑着野味在城中往來又見杜遷宋萬當日時遷先去翠雲樓上看了又見孔明孔亮披着頭髮身穿破衣在街上求吃時遷到僻靜處叫曰哥哥你兩個不似叫化模樣背後兩人劈頭揪住時遷曰你們做得好事時遷看時却是楊雄劉唐時遷曰你兩個好沒分曉倘公人看見却不悞了大事我們再不要上街去只等臨期各自行事五個出到街前正撞見公孫勝凌振扮作道童跟着七人都點頭會意各自去了將近元宵佳節梁中書先分付聞達引軍去飛虎峪屯扎十四日又分付李成引鐵騎馬軍五百遶城巡視次日元宵夜潔晴明六街三市張放花燈有詩為證

八路軍兵似虎狼
安排蓋地遮天柱
橫天飛殺更騰揚
更使鰲山變殺場

北京三五風光好
膏雨初晴春意早
銀花火樹不夜城
陸城擁出蓬萊島
雙龍御詔夜明寒
人民歌舞欣時樂
五鳳羽扶金貝闕
六鰲背上三神仙
紅塵艷艷真濃酒
白面郎騎紫驊馬
月光高照鴛鴦尾
翠雲樓高侵碧天
嬉遊來往多姸媚
王孫公子真神仙
遊人轉轆尚未絕
高樓頃刻生雲烟
笙簫嘹喨入青雲
燈毬燦爛若錦綫

是夜蔡福分付蔡慶守牢自回家去遇見柴進樂和蔡福認得請入家裡柴進曰有件事相懇

員外石秀全得足下相顧今晚小子欲去牢裡看望一遭相煩引進蔡福只得應承便帶進牢中初更時分王矮虎一丈青孫新顧大嫂張青孫二娘扮作鄉村人挨入東門城裡鄒淵鄒潤挑着燈在城裡閒走杜遷宋萬推車逕奔至梁中書衙前躲避劉唐楊雄提水火棍來州橋上坐燕青

柴進遇見蔡福說話

張順自從水門入城埋伏樵樓上鼓打二更時遷掀見裡面都是硫黃焰硝盤見上揷幾朵鬧蛾兒鑽入翠雲樓上只等外面消息只見樓前喊曰梁山泊軍馬到了李成正在城樓上聽說飛引軍馬來到留守司前點集軍馬分付閉上城門時遷在翠雲樓上點着硫黃焰硝火焰冲天梁中書出得衙前見兩條大漢推兩輛車子點着隨即火起梁中書要出東門又遇兩個大漢自稱李應史進在此手挺朴刀殺來把門軍官走了杜遷宋萬接着做一處把住東門梁中書引軍到南門見一個胖大和尚一個虎面行者殺喊殺入城來梁中書回馬走到留守司前解珍解寶手提鋼叉殺來急待回州衙王太守却遇楊雄刘唐兩根打死跟隨公人各自逃走梁中書回奔西門聽得城隍廟裡火炮齊响鄒淵鄒潤放起火來此時城內十數處火起王矮虎一丈青孫新顧大嫂張青孫二娘鰲山上放起火來梁中書到西門遇着李成軍馬上城看時城下兵馬排滿旗號上書大將呼延灼韓滔彭玘黃信催動人馬殺來東門穆弘杜興鄭天壽各領一千餘人殺來梁中書徑奔南門而走只見火光中李逵殺來李立曹正一齊都到李成同梁中書走出城來左邊突出大刀關勝宣贊郝思文攔住去路李成無心恋戰撥馬便走孫立在後殺來李成飛

梁山泊人大鬧京城

馬奔走未及半箭之地右邊秦明燕順歐鵬楊志又殺將來李成且戰且走保着梁中書衝路走脫杜遷宋萬去殺梁中書老小劉唐楊雄去殺王太守老小孔明孔亮鄒淵鄒潤走入獄中撞開牢門大叫曰梁山泊好漢在此柴進樂和拔出腰刀便去開枷放了盧俊義石秀柴進說與蔡福你快去家中保護老小盧俊義引石秀孔明孔亮鄒淵鄒潤逕奔家中來捉李固賈氏李固見城中火起且在家中和賈氏商議收拾金珠出門撞見眾人走將入來急回身開了後門逕奔河下躲避只見岸上張順大叫潑婦走那里去李固心慌便下船去躲却被燕青看見揪上岸來張順捉住賈氏都望東門來了俊義奔到家中不見李固和賈氏叫眾人把家私金銀衣服都載上車押往梁山泊柴進樂和救蔡福蔡慶去家中收拾家眷老小一同上山寨蔡福曰大官人可救一城百姓休教殘害柴進便去尋軍師吳用傳令收軍休殺良民時城中傷損軍民將及一半眾頭領接着盧員外石秀備說乍中多得蔡福兄弟存得殘生眾皆大喜却說李成保着梁中書出城逃難却撞着關勝領敗兵回來合併一處投南便走前軍又發喊起來却是項充李衮引步兵殺來背後又是雷橫施恩穆春各引三千步軍截住去路且見獄囚遇赦重回禁病客逢醫又上床畢竟如何且聽下回分解

忠義堂宋江相推讓

○第六十二回　宋江賞馬步三軍　關勝降水火二將

梁中書李成聞說正走之間又遇雷橫等殺一陣雷橫收兵回城吳用傳令出榜安民救滅了火

把府庫金銀寶貨都裝上車載回大寨開倉廒將糧米賑濟被火之家將李固賈氏釘在陷車內班師回梁山泊報知宋江接到忠義堂上與盧俊義施禮曰不佞欲請員外同聚大義不想遭此大難十心如割皇天垂祐今日得見大慰平生俊義拜謝曰深感兄長并眾頭領之德齊心併力救拔殘生雖肝腦塗地難以報答俊義便請蔡福蔡慶謝曰若無二位焉有今日宋江要讓盧俊義為尊俊義拜曰家恩未報敢望山寨之主得與兄長執鞭隊鐙報答救命之恩實為萬幸只見李逵叫曰哥哥若讓別人做寨主我便殺將起來武松曰哥哥只管相讓却冷了弟兄們的心腸俊義拜曰若是兄長苦苦相讓盧某安身不牢吳用曰且請盧員外安歇賓客相待日後有功却再讓位宋江大喜就教燕青伺候房中撥房與蔡福蔡慶安置老小薛永已取關勝老小到山寨宋江即令設宴慶賀重賞三軍俊義起身曰淫婦姦夫擒捉在此聽命宋江笑曰且將兩個綁在將軍柱上請員外自行發落俊義手挐短刀下堂審問明白就將二人剖腹剜心凌遲處死上堂拜謝眾人連日筵宴却說梁中書聽知梁山泊軍馬退去再和李成聞達引殘軍回城來看家小十損八九蔡夫人躲在後花園中逃得性命教丈夫申奏朝廷就報太師知道調兵勦除報仇抄寫民間被害者五千餘人部軍共折三萬有餘使命星上書與太師備說賊寇浩大難以抵敵打破北京蔡京大怒次日早朝奏道君皇帝聞奏大驚與眾臣計議諫議大夫趙鼎奏曰前日若蒲東關勝領兵收捕又被失陷以臣愚見不若降敕赦罪招安詔取赴京封為良臣以

防此境之害此爲上策蔡京大怒曰汝爲朝廷諫官反滅綱紀當得死罪蔡京之道削爲庶人去了天子問蔡京曰此賊猖獗再命誰人勦捕蔡京奏曰臣舉凌州二人一人姓單名廷珪一人姓魏名定國見爲團練使之職伏乞聖旨差調要克日掃清水泊天子大喜即命樞密院調取本院郎

蔡京當朝奏帝興兵

差官齎奉聖旨投凌州去訖探事人到寨報知宋江梁中書申奏朝廷諫議大夫趙鼎奏請招安被蔡京逸奏罷職還鄉又奏天子差人行凌州調取單廷珪魏定國領本州軍馬前來征討宋江遂計議迎敵之策關勝曰關某上山深感仁兄重待無有報效久知單廷珪善能用浸兵之法人皆稱爲聖水將軍魏定國熟精火攻兵法人呼爲神火將軍小弟不才借五千兵先往凌州路上接住他彼若肯降帶上山來如不肯降生擒來獻宋江大喜便教宣贊郝思文同去關勝領五千人馬下山去了吳用便教林冲楊志孫立黃信帶軍馬往後接應李逵曰我也去走一遭宋江阻當不允次日小校來報李逵昨日不知那里去了宋江驚曰是我昨日阻他不允必定投別處去了吳用曰兄長放心李逵雖是鹵夫義氣則重此去必然成功宋江使戴宗去趕又教時遷王定六樂和分四路接應却說李逵提雙斧逕投凌州去路上尋思曰兩個鳥將軍何消許多軍馬我只獨自便要成功與宋哥哥爭氣行不一日見一大漢看着李逵喝曰你這廝看着爺命恁的那漢曰你是誰的老爺李逵便搶入來那大漢手起一拳把李逵打個搭墩李逵大怒正跳起來又被那漢一脚踢倒了李逵叫曰贏他不得扒起來便走那漢問曰黑漢你姓甚名誰李逵

曰我是梁山泊黑旋風那漢聽了拜曰小人原是中山府人氏祖傳三代相撲爲生山東河北都叫我做沒面目焦挺今寇州有座枯樹山山上有一夥強人爲首的姓鮑名旭號作喪門神我要去那里入夥李逵曰你有這等本事何不去投我哥哥焦挺曰今遇兄長伏乞引進李逵曰我和

李逵與焦挺相撲打

你去枯樹山說了鮑旭同去凌州殺得單魏二人以作頭功焦挺曰便去正說之間時遷趕到叫曰哥哥憂得你苦如今分四路去趕你請兄長回去李逵曰我和焦挺先往枯樹山撥了鮑旭方纔回來你先回去報與哥哥知道時遷自回焦挺和李逵往枯樹山說合鮑旭歸順相晉在彼却說凌州太守迎接救旨請團練使單廷珪魏定國商議二將受了劄付便點軍馬即日起行忽報蒲東大刀關勝領軍來迎敵單廷珪魏定國大怒披掛引軍來迎敵鼓聲響處只見皂旗上書聖水將軍單廷珪紅旗上書神火將軍魏定國兩員虎將出陣前關勝見了說曰二位將軍別來久矣單魏二將罵曰背反狂夫上負朝廷下辱祖宗尚敢引軍到來有何理說關勝答曰二將聽我言矣目今主上昏昧奸臣弄權宋公明替天行道特令關某到此招請二位將軍同歸山寨單魏二將大怒驟馬齊出關勝却待迎敵左右飛出宣贊郝思文出迎正鬥之間單魏二將撥馬便走郝思文宣贊趕入陣中宣贊去趕魏定國五百軍都見紅旗閃出將來撓鉤齊下活捉去了那郝思文追趕單廷珪只見五百步軍都是黑旗中衆軍齊下撓鉤把郝思文生擒去了各領五百精兵殺出陣來關勝孤手無措勒馬便走單魏二將引軍趕來前面冲出二將林冲楊志各兵

李逵焦挺攔奪陷車

一處隨後黄信孫立都到下寨水火二將捉得宣賛郝思文回見張太守大喜置酒作賀一面教人造陷車差兩員裨將連夜觧上東京来到一個去處撞出一彪強人當先李逵焦挺截住去路便搶陷車裨將急待要走背後又撞出鮑旭把裨將砍下馬来李逵看見是宣賛郝思文便問来由宣賛將被捉一事說了便問李逵曰你因甚在此李逵曰哥〻不肯與我来凌州自走下山遇見焦挺引我同見鮑旭正商議去打凌州忽嘍囉来報有人馬監押陷車到来不想是二位鮑旭邀上山寨置酒相待郝思文曰兄弟既有心投順何不大凌州攻打先献頭功鮑旭欣然應允便領七百嘍囉来到凌州推陷車的軍士廻回報與太守被強人奪了陷車殺了首將又報関勝引兵搦戦單廷珪引一彪軍馬出城迎敵怎生打扮有詩爲証詩曰

鳳目卧蚕眉　虬髯黒面皮　錦袍龍獬豸　紅纓鳳翅盔
馬騎東洋獸　手擎北斗旗　凌州聖水將　英勇單廷珪

單廷珪出馬與関勝戰到二十餘合関勝勒馬便走單廷珪拍馬赶来関勝回頭喝曰何不下馬投降單廷珪挺鎗直取関勝関勝便出神威一刀背巳撥單廷珪落馬于地関勝下馬扶起叫曰將軍恕罪單廷珪惶恐納降関勝曰某在宋公明面前曾蒙保二位同聚大義珪曰不才願施犬馬之劳関勝相邀回陣林冲接見便問其故関勝只說山僻之内訴舊論新招請歸降林冲等大喜廷珪回至陣前招其部下去說軍人報知太守魏定国大怒次日領軍出城交戦單廷珪與林冲関勝直到陣前看魏定国怎生打扮詩云

朝〻明星露双目　團〻紫面如紫玉　錦袍花繡荔枝紅　襯襖雲鋪鸚鵡緑
紅旗好似火千團　部兵絳衣軍一簇　人間都號火將軍　此是凌州魏定国

廷珪親去見魏定國

魏定国出馬大罵單廷珪負義匹夫関勝拍馬迎敵鬪不十合魏定国望本陣便走関勝追去單廷珪叫曰將軍休赶関勝勒馬看時陣內飛出火兵擁出五十輛火車車〻都裝引火之物軍人背上各拴鉄葫蘆內藏硫黄焔硝一齊點着飛搶出来関勝軍兵四散奔走回四十五里扎住魏定国收軍只見城中火起却是李逵與焦挺鮑旭部領人馬先去凌州攻打北門殺入城中放起火来魏定国知了不敢入城被関勝在後追殺魏定国退走中陵縣関勝引軍把縣四下圍住攻打定国堅閉不出單廷珪対関勝曰此人乃一勇之夫若攻太急他寧死而不辱小弟願往城中用好言招撫来降免動干戈関勝大喜單廷珪入城見魏定国說曰目今主上不明奸臣弄权有功不賞無功必誅宋公明忠義爲主請仁兄暫且歸順待朝廷招安未爲晚矣魏定国曰若要我歸順須要関勝親自来請我便投降他單廷珪回說前事関勝曰大丈夫作事何故疑惑直到縣衙魏定国接入礼畢便領五百火兵都来大寨與林冲等相見了便收軍回梁山泊只見段景住到来関勝等問曰你有何事到此段景住說出甚事来且聽下回分觧

○第六十三回　宋江平伏曾頭市　晁蓋顯聖捉文恭

話說段景住報曰小弟與楊林石勇往北地買回好馬二百餘疋回到青州地面被強人郁保四

宋江調軍兵下梁山

公孫勝作法燒文恭

將馬劫奪曾頭市去了楊林石勇不知去向小弟連夜逃來報知關勝曰且回山寨與哥哥商議引單廷珪魏定國來見宋江禮畢宋江大喜以賓禮相待李逵把下山遇見焦挺鮑旭同去打破淩州之事說了一遍宋江教設席慶賀四位新頭領段景住備說奪馬一事宋江怒曰前者奪我馬匹晁天王冤恨未消若不報仇被人恥笑吳用曰前者失其地利如今必智取之令時遷去探消息第三日楊林石勇回寨報說史文恭要與梁山泊比勢宋江見說便要起兵吳用曰待時遷回來未遲次日時遷回報曾頭市分五個寨柵東寨曾魁南寨曾密西寨曾索北寨曾塗與副教師蘇定總寨史文恭青州郁保四身長一丈腰闊四圍奪的馬在法華寺內吳用曰他既分為五寨我們分兵五枝軍馬攻打盧俊義曰得蒙救命願為前部吳用曰員外都未經征戰不可為先鋒引軍馬隨後接應吳用恐盧俊義捉得史文恭怕宋江不負晁蓋之遺言讓位與他因此不教他做先鋒宋江心意只要盧俊義建功乘此機會為寨主吳用教員外帶燕青引五百步軍小路聽令再調馬軍頭領秦明花榮副將馬麟鄧飛攻打正東大寨差魯智深武松孔明孔亮攻打正北大寨令楊志史進陳達攻打正西大寨差朱仝雷橫鄒淵鄒潤攻打中央總寨頭領宋公明公孫勝呂方郭盛解珍解寶戴宗時遷并已上頭領各領五千軍攻打合後李逵樊瑞項充李袞領兵五千接應其餘頭領守寨探事人報知曾長官便請史文恭曰梁山泊軍馬來時多使陷坑曾長官差人去村口四處掘下陷坑數十處上面用土蓋四下

里埋伏軍兵調用已定吳用使時遷又去探知根由宋江引軍離曾頭市二十里教五軍分撥下寨二日下戰第三日吳用傳令教前隊步軍各執鐵鋤分作兩隊又把糧車一百餘輛裝載蘆草乾柴藏在中軍來日巳牌只聽東西兩路步軍先去打寨再教攻打曾頭市北寨分撥已定楊志史進把馬軍擺開那边擂鼓搖旗虛張聲勢楊志曰切不可進史文恭只不見宋江打寨便中他計當日巳牌聽得寨前砲響東寨報道一個和尚一個行者攻打前後史文恭曰這兩個必是魯智深武松便分人去幫助曾魁西寨又報朱仝雷橫引兵攻打甚急史文恭又撥人去助曾索又見寨前火砲響史文恭按兵不動要等他入來吳用教軍馬從山背後兩路抄到寨前史文恭却待出來吳用鞭稍一指陣中一齊推出車子來把火點着蘆草焰硝一齊燒着烟火迷天史文恭軍馬盡被火車攔路只得急退公孫勝揮劍作法借起大風捲向南去燒死人馬不計其數吳用得勝鳴金收軍史文恭連夜整理寨門次日曾塗引兵出到陣前宋江便令呂方郭盛來取曾塗鬭上三十合曾塗用鎗只一撥却被兩條豹尾絨往來纏住不開花榮看見拈弓搭箭射中曾塗左臂番身落馬而死曾長官見了大哭曾昇大怒與哥哥報仇綽刀上馬直奔陣前李逵手提大斧直奔核心曾昇教取箭射去正中李逵腿上射倒在地秦明花榮向前救回曾昇領兵回寨次日史文恭出馬搦戰秦明迎敵二十餘合力怯便走史文恭赶來一鎗搠中秦明後腿跌下馬來呂方郭盛當出救回離寨十里屯扎宋江教將車載秦明回山寨將息再取關勝徐寧單

宋公明看曾家降書

廷珪魏定国同来協助宋江自已焚香祈禱占上一課主有賊兵劫寨宋江傳令先去報知東西二寨令解珍解寳領兵四下埋伏是夜史文恭在寨中对曾昇曰賊兵敗了乘势正好劫寨曾昇便令北寨蘇定南寨曾密西寨曾索引兵一同劫寨二更左側直到宋江寨內不見一人急叫走時兩下擁出解珍解寳殺後而便是花栄趕上曾索被解珍刺于馬下放起火来後寨大贼東西兩邊攻打寨內混戰半夜史文恭奪路走脫曾長官又見折了曾索煩惱倍增次日史文恭要寫書投降令人賫書到宋江大寨上宋江折開書云

曾頭市史文恭等頓首再拜宋統軍頭領麾下日前小將倚仗一時之勇悞犯虎威向日天王率衆到来理合歸伏奈部卒無端施放冷箭更兼奪馬之罪實非本意今大頭已亡特求講和如蒙罷戰休兵將原奪馬疋盡数送還更賫金帛犒賞三軍勇將免致兩傷叔者芻非謹此奉書照察

宋江看了大怒扯書駡曰殺吾兄長焉肯干休務要洗蕩村坊是吾本願吳用勸曰既是曾家差人來講和豈為一時之忿傷害生靈随即回書取銀十兩賞了來人將書呈上曾長官與史文恭拆開書云

梁山泊主將宋江手書回付曾頭市主將帳前人無礼將何立物非義而不取梁山泊與曾頭市自來無仇各守边界奈緣小將行一時之忿惹起数載之冤若是講和必須發还二次原奪馬疋并捉徙郁保四將賞軍士金帛忠誠既亂教休軼劝或变更別有定奪草亡具陳情照不宜

曾昇帶將投見宋江

史文恭與曾長官看了俱各驚憂次日曾長官又使人来說若准講和各請一人為質當宋江不肯吳用曰無傷郎使舜李逵項充李衮樊瑞時迁五人前去為信臨行時吳用叫過時迁附耳低言休得有悞五個去了忽報関勝徐寧單廷珪魏定国来到與相見就在中軍北駐時迁引四個来見曾長官曰吾所將分着四個人前来講和史文恭曰吳用此來必然有謀李逵大怒揪住史文恭便打曾長官連忙勸住時迁曰李逵雖然粗鹵却是哥哥心腹之人命我來講和你休要狐疑曾長官只要講和不聽史文恭之言置酒相待五人請去法華寺安下使使曾昇帶郁保四將原奪馬疋并金帛一車送到大寨宋江看曰先前段景住送来的照夜玉獅子馬如何不見曾昇曰是師父史文恭騎在宋江曰你快寫書去叫他送那馬来还我曾昇即寫書叫從人回寨文恭回曰若肯郎便退軍我便送這馬来還他宋江正與吳用商議忽報青州凌州兩路軍馬来到宋江曰那廝們知道必然有变郎令関勝單廷珪魏定国去迎青州軍馬花栄馬麟鄧飛去迎凌州軍馬吳用與田郁保四同日你只做逃寨與史文恭曰如今宋江只賺你馬疋無心講和如今聽得青凌二州兩路救兵到十分心慌正好乘势用計他若信從我有處摠保四領了言語直到史文恭寨裡與曾長官備說宋江回兵情由曾長官曰争奈曾昇在彼必然被他殺害史文恭曰打破他寨好歹救了今晚先劫宋江大寨断去蛇首衆賊無用曾長官傳令教北寨蘇定東寨

曾家兵馬夜半劫寨

曾魁酋寨留曾密一同劫寨郁保四卻来法華寺暗與時遷等通報消息吳用與宋江曰郁保四不同便是中計他今来劫我寨便令魯智深武松殺他東寨朱仝雷横殺入他寨楊志史進攻打北寨此名番犬伏窩之計史文恭蘇定曾密曾魁是夜到宋江總寨只見寨門不開內無一人情知中計即便走回只見曾頭市中鳴鑼响炮時遷扒去鐘樓上撞鐘為號東西兩門火炮齊响殺入寺中李逵樊瑞項充李袞一齊殺將出來曾長官聽得梁山泊兩路大軍殺来自縊而死曾密奔西寨來被朱仝一刀砍死曾魁要奔東寨被亂軍中馬踏為泥蘇定走出北門魯智深武松赶來亂箭射死宋江在曾頭市捲一塲有詩為証

可怪曾家忒弄乖　投降特地貢書来
宋江要雪天王恨　半夜驅兵擣殺来

史文恭走十里馬行得快殺出西門約行二十里忽聽得樹林中喊声大振撞出五百餘来當先一将手提桿棒望馬脚便打那馬見棍来從頭上跳過去了史文恭正走之間只見陰雲冉冉冷氣颼颼黑中一人攔住去路史文恭看時却是晁盖陰魂纏住再回舊路却遇着燕青又轉出盧俊義大喝一声腿股上一刀搠下馬来便綁了解来獻寄了千里龍駒逕到大寨来宋江見了大喜先把曾昇斬首曾家一門毒殺不留抄掠金銀装載上車關勝殺退青州軍馬花榮殺退凌州軍馬都回宋江傳令用陷車囚了史文恭班師回梁山泊宋江令蕭讓作祭文令大小頭領舉哀將史文恭剖腹剜心享祭晁盖已畢宋江與衆兄弟商議曰晁天王昔日遺言有捉得史文恭者不拘是誰便爲梁山泊之主今日盧員外生擒此賊祭奠正當爲主盧俊義曰小弟德薄才踈今得居右尚自过分宋江曰某有三件事不如員外處第一件宋江才貌不及第二件宋江出身微小第三件宋江文不能安邦武不能附衆員外力敵万人通今博古有如此才德正當爲主他時爲順朝廷建功立業使弟兄們盡生光彩寔乃万幸盧俊義拜于地下曰盧某寧死寔難從命吳用曰兄長若再推讓恐冷了衆人之心却把眼視衆人只見李逵叫曰我在江州捨命跟你今日只管讓來讓去武松也發作叫曰哥哥手下許多軍官也只是讓哥哥他們如何肯從別人劉唐曰我們起初上山那時便有哥哥爲主之意智深叫曰若是兄長推讓別人洒家們各自都散宋江曰你衆人不必多言我自有道理直教梁山泊内重添兩個英雄東平府中又惹出一塲災禍且聽下回分解

晁蓋陰魂趕回文恭

○第六十四回　東平悮陷九紋龍　宋江義釋雙鎗將

宋江曰目今山寨缺少錢粮有兩個州府都有錢粮一是東平府一是東昌府目前問他借粮他必然不肯今寫兩個鬮兒我和員外各拈一處如先打破城子的便作梁山泊主吳用曰兄長所見極是便寫鬮兒焚香對天祈祝宋江拈着東平府盧俊義拈着東昌府宋江傳令調撥人馬宋江部下調撥林冲花榮劉唐史進徐寧燕順呂方郭盛韓滔彭玘孔明孔亮解珍解寶王矮虎一丈青張青孫二娘孫新顧大嫂石勇郁保四王定六段景住

宋公明忠義堂推讓

頭領二十五員馬步軍兵一萬水軍頭領三員阮小二阮小五阮小七接應盧俊義部下吳用公孫勝呼延灼朱仝雷横索超楊志單廷珪魏定国宣贊郝思文燕青楊林歐鵬凌振馬麟鄧飛施恩樊瑞項充李衮時遷白勝頭領二十五員馬步軍兵一萬水軍頭領三員李俊童威童猛駕舡策應其餘頭領看守寨柵分派已定各分攻打兩處有詩為証

堯舜推賢萬古無　禹樓傳後亦良圖
誰知聚嘯山林者　揖讓恭謙有盛槙

宋江頭領引兵到東平府至城四十里地名安山鎮屯扎東平府太守程萬里兵馬都監乃河東上黨郡人氏姓董名平善使双鎗人皆稱為双鎗將有萬夫不當之勇宋江先使郁保四王定六賫戰書去東平府程太守聞知宋江軍馬到安山鎮駐扎正與董平商議人報宋江差人下戰書郁保四王定六將書呈上程太守看罷对都監董平說他要借粮此事如何董平令推二人斬首両囬爭戰不斬來使只將二人各打二十杌棍發囘兩人囘到本寨宋江見了大怒就要攻城史進曰且緩小弟昔日在東平府時與院子裡一個娼妓喚做李瑞蘭往來情密我今多將金銀潛地入城借他家安歇約定時候哥哥來打城我去城楼上放起火來裡應外合大事可成宋江曰甚妙史進收拾金銀拜辭入城便到李瑞蘭家大伯見史進接入裡面教女兒出來相見李瑞蘭甚是標致有詩為証

萬種風流不可當　梨花帯雨玉生香
翠禽喚醒羅浮夢　疑是梅花窺曉粧

李瑞蘭引史進上楼

李瑞蘭引去楼上坐了遂問史進曰你在梁山泊做大王這両日宋江引軍来打城池借粮你如何却到這里史進曰我實不瞞你今在梁山泊做頭領如今哥哥要来打城使我来做細作有包金銀送你切不可泄机李瑞蘭收了金銀安排酒席相待了便来和虔婆商議曰首大伯曰梁山泊宋江不是好惹的他若打破城子入来怎了虔婆曰你省得甚麼自道蜂刺入懷解衣去赶自首者即免本罪你快去府裡首告省得負累李公曰他把許多金銀與我家如何又去首他虔婆罵曰放屁我衙衙人家坑陷多少人豈争他一個你若不去出首連你也不好李公曰你不要發性且教女兒陪伴他我去報做公的来拿了却去首告史進見瑞蘭上楼来覓得面色不定便問曰你家有甚事瑞蘭曰却纔上楼踏空吃了一驚因此心慌史進不疑有詩為証

可怒虔婆伎倆多　粉頭無奈苦嗟呀
早知窩裡施奸狡　錯用黃金買笑歌

當下李瑞蘭與史進相叙舊情不過一時只聽得楼下吶喊数十個做公的搶上楼来史進措手不及被公人綁了下楼解到東平府裡程太守罵曰你這賊好大胆宋江令你来做甚的史進只不答應太守罵曰這賊骨頭不打不招喝教獄卒打這厮両腿各打一百棍史進由他拷打不招實情董平曰且枷在死囚牢裡等捉了宋江一齊解京却說宋江自去了史進並無消息寫書来與吳用吳用看了大驚忙與盧俊義說知連夜来見宋江問曰誰教史進去宋江曰他自願去吳用曰娼妓人家迎新送舊陷了多少人縱

有恩情難出虔婆之手史進此去必然受虧宋江便問吳用請計吳用便叫顧大嫂扮做貧婆入城只做求食若是史進陷在牢中你可去告獄卒只説有舊恩念他送一口飯暗與史進説知月盡黃昏前後必來打城你就城中放火爲號兄長先打汶上縣百姓必然都奔東平府顧大

吳用至寨親見公明

嫂雜在数內入城吳用設計即回東昌府宋江即分撥解珍解宝攻打汶上縣果然百姓扶老挈幼都奔東平府來顧大嫂雜在眾內潛入城來聽得史進陷在牢中次日提飯罐在獄司前伺候見一個年老的公人牢裡出來顧大嫂便拜淚如雨下曰獄中史大郎是我十年前的舊主人在江湖上做買賣不知因甚事陷在牢裡無人看顧我來送一口飯與他吃望老丈引進則個公人曰這人犯該死罪的誰敢帶你進去顧大嫂曰便是該斷教瞑目而死可怜見引妾身入去送口飯也顯得舊日之情説罷又哭那公人只得引顧大嫂入牢中見了史進大哭説哥哥月盡夜打城教你牢中自掙且説罷去了史進只記月盡夜到二十九日史進問曰今朝是幾日那節級忘記了回曰今朝是月盡帶史進到水火坑邊史進哄曰背後是誰賺他回頭只一枷稍把那節級打倒在地就拾石頭敲開木枷搶到亭心幾個公人都吃醉了被史進大開牢門只等外面救應又把牢中罪人都放了發起喊來一齊走了太守忙請董平曰城中必有細作來此机會領軍出城擒捉宋江相公緊守城池董平點軍上馬去了程太守就點起公人去大牢前吶喊史進在牢中不敢輕出外面人又不敢進董平引軍殺奔宋江寨來伏路小軍報知宋江曰此必是顧大嫂又吃虧了在城中他兵殺來准備迎敵號令諸軍天色方明兩下排成陣勢這董平靈机巧三教九流品竹彈絲無有不會號爲風流雙鎗將董平箭壺中插着小旂寫道英雄双鎗將風流萬戶侯宋江令韓滔手執鉄搠這取董平董平双鎗神出鬼沒人不能當宋江再教　前去助

董平大戰韓滔徐寧

敵接住董平兩個鬥到五十餘合不分勝敗宋江恐徐寧有失便教鳴金收軍董平拍馬殺入陣來宋江鞭稍一展四下軍兵一齊圍住宋江上高處望董平圍在陣內他若投東宋江號旗便望東指他若殺西旗號便望西指董平在陣中橫冲直撞殺條路走回城中宋江驅兵直抵城下原來太守有個女兒生得極有顏色董平屢次使人去求親太守不允董平又使人去求親太守回説因寇臨城事在危急若還便許被人耻笑待等退了賊兵然後議親未遲小校回覆董平心中躊躇恐怕後日不肯宋江攻城甚急太守催請戰董平披掛上馬出戰宋江親臨陣前臨戰董平手挺双鎗殺來林冲花荣齊出約戰数合兩將便走詐敗董平要搶功勞拍馬赶來宋江等退到壽張縣董平後面追來到一個村鎮兩邊都是樹木中間一條大路董平不知是計正走之間聽得後面孔明孔亮大叫勿傷吾主一声炮响拽起繩索絆倒董平馬脚左邊撞出一丈青王矮虎右邊走出張青孫二娘把董平捉了綁縛來見宋江宋江親釋其縛曰將軍不棄便歸寨主董平曰小將被擒若得容恕實爲萬幸宋江曰奈敝寨缺少粮食特來借粮別無他意董平曰程萬里原是童貫門館先生得此重任安得不害百姓乘此黃昏我去賺開城門殺入城中共

白勝報知宋江救應

取錢粮以爲報效宋江大喜董平在先宋江軍馬在後捲旗殺到城下董平大叫快開城門把門軍士將火把照時認是都監董平便開城門董平先入背後宋江大驅人馬殺入城來傳令不許殺害百姓董平逕奔府中殺了程太守奪他女兒宋江先教牢中救出史進教開府庫取了金銀大大開倉廒裝載粮米上車使人護送上山史進把李瑞蘭一家碎屍萬段宋江將太守家私賞散居民告示曉諭百姓各安生理即便回軍只見白勝前来報說東昌府交戰之事宋江便曰衆兄弟不可回軍可跟我去攻打東昌府未知勝負如何且听下回分解

○第六十九回　張清飛石打英雄　宋江棄粮擒壯士

龍虎山中降敕宣　鐵魔殿上散雲烟　致令煞曜離金闕
故使罡星下九天　戰馬頻嘶楊柳岸　征旗布滿藕花船
只因肝胆存忠義　留得清名万古傳

白勝前来報說東昌府有個猛將姓張名清乃是彰德府人氏虎騎出身善能飛石打人百發百中人呼爲沒羽箭手下兩員副將一個喚作項虎龔旺會使飛鎗一個喚作中箭虎丁得孫會使飛叉前日張清出城迎敵郝思文出馬被他一石子打中額角上却得燕青射中張清戰馬因此救得郝思文次日樊瑞項充李袞出戰被丁得孫出標叉正中項充速輪二陣軍師特令小弟來請哥哥早去救應宋江听了嘆曰盧員外如此無緣又逢敵手我等衆兄弟引兵都去救應遂統二軍直到東昌府境界盧俊義等接着商

張清石子打來徐寧

議之間小校来報張清請戰宋江便領衆將擺開陣勢張清出馬左有龔旺右有丁得孫宋江令徐寧直取張清不到五合張清便走徐寧赶去張清袋內模出石子打來正中徐寧眉心翻身落馬呂方郭盛救回本陣宋江失色再令燕順接住與張清鬥不十合遮攔不住回馬便走張清取出石子一擲打在鏡甲護心鏡上錚然有声伏鞍而走宋江陣上韓滔挺搠来戰張清不到十合張清便走韓滔防他飛石不去追赶張清復勒馬回韓滔逕待来迎被張清暗藏石子望韓滔鼻凹上打中鮮血迸流逃回本陣彭𤣱大怒手舞三尖刀飛馬直取張清未及交馬被張清手起一石子正中彭𤣱面頰奔馬回陣宋江見打傷数將便要收軍宣贊拍馬舞刀直奔張清未及交鋒張清手起一石子正中宣贊嘴上翻身落馬衆將救回宋江大怒拔劍在手割袍爲誓曰我若不擒此人誓不回軍呼延灼見宋江設誓就拍馬出陣大罵張清認得大將呼延灼麼張清喝曰辱国敗將言未絕一石子飛来呼延灼急把鞭来撥時却中手腕上使鞭不得回歸本陣宋江曰馬軍頭領都被損傷步軍頭領誰敢近前只見刘唐手撚朴刀出陣張清喝曰馬軍輸了何況步卒刘唐怒戦張清張清跑馬歸陣刘唐赶上却被張清馬尾撩着刘唐双眼被張清一石子打倒拿入陣中去了宋江大叫那個去救刘唐楊志出馬提刀望張清便砍張清鐙裡藏身楊志砍空張清一石子打在楊志盔上號得楊志跑馬歸陣宋江尋思今番輸了銳氣怎回梁山泊朱仝雷横兩條好漢殺出陣來張清笑曰一個不濟又添兩個就暗取兩個石子在手雷横先到

張清董平二人大戰

張清一石子打中雷横額頭撲然倒地朱仝急救時項上早中一石子関勝縱馬來救搶得二人
回陣張清又一石子打來関勝把刀一隔打着刀口迸然火光関勝無心戀戰勒馬便回双鎗將
董平暗忖曰吾今新附何不顯我武藝挺双鎗飛馬出陣張清見了大罵董平我和你隣州之
邦不共滅賊却反背朝廷豈不自羞董平大怒直取張清両相交約劍数合張
清撥馬便走董平隨後赶來張清手取石子却似流星掣電打來董平眼明手
快撥過石子張清見第二個打來董平又閃過了張清却總心慌那馬尾相啣
董平刺一鎗來張清閃過董平却掤在脇下過去張清便挾住董平鎗要拖下
馬却拖不動兩個攬做一塊索超提斧來助對陣龔旺丁得孫出截住索超厮
殺林冲花榮呂方郭盛四將出來助張清棄了董平跑馬入陣董平赶去張清
取石子打來董平急躲那石子從耶耳根上擦過董平便回索超撇了龔旺丁
得孫逕赶入陣來張清取石子望索超臉上打着血流滿面跑馬回陣林冲花
榮把龔旺截住呂方郭盛把丁得孫截住龔旺心慌便把飛鎗標来被林冲花
榮躲過活捉歸陣丁得孫抵敵呂方郭盛被燕青一箭射中丁得孫馬蹄撇下
馬来被呂方郭盛捉回本陣張清要来救時寡不敵衆只得拿劉唐回東昌府
去太守看見張清前後打中梁山泊大將一十五員把劉唐押下獄中宋江回寨把龔旺丁得孫
綁解梁山泊却此處俟義吳用商議吳用曰昔日五代時王彥章日不移影連打唐將三十六員
今日張清連打我將一十五員不落此人之下也衆人無語吳用笑道我看此人全仗龔旺丁得

呂方郭盛捉丁得孫

孫爲羽翼羽翼被擒可用良策捉拿此人計議已定且把中傷頭領送寨將息令魯智深武松孫
立黄信李立盡數引領水軍安排車仗船隻並進賺出張清便成大事吳用分撥已定却說張清
與太守商議殺賊只見小校來報西北上載有百車粮米河內又有粮草船五百餘隻沿路有幾
個頭領監管太守曰莫非有計再差人去探听次日小軍回報車輛都是粮米
張清道今晚出城先去截岸上車子後去水中取他船隻太守曰此計甚妙張
清引一千軍出城是夜月色微明行不到十里望見一簇車子旗上寫水滸寨
忠義粮張清見魯智深提着禪杖先走不隄防他石子正打之間被張清一石
子飛來正中魯智深頭上鮮血迸流望後便倒武松急挺戒刀救回魯智深撇了
粮車便走張清奪得粮車歡喜押送入城再到河边來只見陰云布合黑霧遮
天軍兵對面不見此是公孫勝行持道法張清心慌却待要回四下里喊声大
起林冲引鐵騎赶來把張清連人和馬赶下水去却被阮氏三雄捉住綁送入
寨宋江軍馬連夜殺入城中救了劉唐將倉廒発送梁山泊一分散給居民太守
平日清廉饒了不殺宋江等都在州衙裡聚集衆人只見水軍頭領把張清解
来衆多弟兄被他打傷的咬牙切齒要殺張清宋江親解其縛便陪話曰誤犯
虎威幸勿見罪扶上廳來增下魯智深拿着鐵禪杖逕奔來要打張清宋江連忙喝退張清見宋
江如此義氣叩首下拜投降宋江折箭爲誓衆弟兄若要報仇死于刀劍之下衆人誰敢再言傳
令鳴馬回山張清舉請一人善醫獸馬姓皇甫名端原是幽州人氏因他碧眼黄鬚貌若番人以

呂方郭盛捉丁得孫

張清董平三人[illegible]

衆道士壇上開醮場

此人稱為紫髯伯可去禮請此人帶引老小一同上山宋江聞言大喜便令戴宗去請皇甫端来拜見宋江見皇甫端一表非俗碧眼方瞳虬髯過腹宋江傳令把両府錢糧運回梁山泊宋江於龔旺丁得孫来亦用好言撫慰二人亦叩首拜降又添皇甫端在山寨專工醫獸平張清亦為山寨頭領排筵慶賀仰仗忠義堂上各依次序而坐宋江看了衆多頭領却好一百单八人宋江開言曰我等弟兄自從梁山泊相聚但到之處並無嗽失今我有句言語煩你衆弟兄共聽有分教三十六天罡臨北地七十二地煞鬧中原且聽下回分解

○第六十六回　忠義堂石碣受天文　梁山泊英雄排坐次

光耀飛離土窟間　天罡地煞降塵寰
說將豪氣侵肌冷　講處英風透膽寒
仗義疏財歸水泊　報仇雪恨下梁山
堂前一卷天文字　付與諸君子細看

宋江曰自從閙了江州上山之後皆賴衆弟兄扶助立我為王自從晁天王歸天但領人馬下山公然得全是天庇祐非人之能兄兵到處殺害生靈無可禳謝我欲建一羅天大醮報答天地之恩一則祈保衆弟兄二則惟願朝廷早降招安盡忠報國三則追薦晁天王早生天界未知衆弟兄意下如何衆頭領皆曰此是善果好事哥哥主見不差吳用曰先請公孫一清主行醮事然後令人下山去請道士赴寨一面使人買辦紙劄香燭祭儀等物選定四月十五日為始七日七夜好事忠義堂前掛起長旛搭縛起三層高臺鋪設七寶三清聖像兩設二十八宿十二宫星辰一切主照星官真宰擺列

新刻水滸傳　十四卷　十三

已定請到道衆共四十九員是日天晴氣朗月白風清宋江盧俊義為首吳用與衆頭領為次拈香㦸公孫勝主行齋事特教公孫勝專拜請詞奏聞天帝每日三朝至第七日三更時分公孫勝在虛皇壇第一層衆道士在第二層宋江等衆在第三層衆小頭目并將校都在壇下懇告上蒼要求報應是夜三更聽得一聲响西北乾方上天門開衆人看時一個金盤喚做天眼開裡面毫光射人雲彩紛繞從中閃捲出一塊火光滚下虛皇壇来遶壇滚了一遭只見攅入正南地下去了衆道士下壇宋江即令人堀開泥土三尺眼尋火塊只見一塊碣石頭正面兩側各有天書文字有詩為証

蕊笈瓊書定有無　天門開闔亦糊塗
滑稽誰造豐年論　至埋昭昭敢厚誣

何道士辯認石碣字

宋江教化紙功德完滿衆道士各賙金帛之物便教取過石碣看的上面偏是龍章鳳篆蝌蚪之字人皆不識衆道士內有一人姓何名玄通對宋江說小道祖上留下一冊文書都是蝌蚪文字以此貧道善能辨認宋江大喜就捧過石碣與何道士看了曰此石碣乃是義士等大名上面一邊是替天行道四字一邊是忠義雙全四字頂上星辰南斗北斗下面却是尊號若不見責從頭敷宣宋江曰幸得高士指迷恩德不淺宋江請過蕭讓用黃紙謄寫何道士乃言前面天書三十六名皆是天罡星背後天書七十二行皆是地煞星下面寫着衆義士姓名教蕭讓從頭抄謄石碣前面書天罡三十六員　○天魁星呼保義宋江○天罡星玉麒麟盧俊義○天机星智多星吳用○

何道士指明碑中字

天閑星入雲龍公孫勝○天勇星大刀關勝○天雄星豹子頭林冲○天猛星霹靂火秦明○天威星雙鞭呼延灼○天英星小李廣花榮○天貴星小旋風柴進○天富星撲天鵰李應○天滿星美髯公朱仝○天孤星花和尚魯智深○天傷星行者武松○天立星雙鎗將董平○天捷星沒羽箭張清○天暗星青面獸楊志○天祐星金鎗手徐寧○天空星急先鋒索超○天速星神行太保戴宗○天異星赤髮鬼劉唐○天殺星黑旋風李逵○天微星九紋龍史進○天究星沒遮攔穆弘○天退星插翅虎雷橫○天壽星混江龍李俊○天劍星立地太歲阮小二○天竟星船火兒張橫○天損星浪裏白跳張順○天罪星短命二郎阮小五○天敗星活閻羅阮小七○天牢星病關索楊雄○天慧星拚命三郎石秀○天暴星兩頭蛇解珍○天哭星雙尾蝎解寶○天巧星浪子燕青

石碣背面書地煞星七十二員

○地魁星神機軍師朱武○地煞星鎮三山黃信○地勇星病尉遲孫立○地傑星醜郡馬宣贊○地雄星井木犴郝思文○地威星百勝將韓滔○地英星天目將彭玘○地奇星聖水將軍單廷珪○地猛星神火將軍魏定國○地文星聖手書生蕭讓○地正星鐵面孔目裴宣○地闊星摩雲金翅歐鵬○地闔星火眼狻猊鄧飛○地強星錦毛虎燕順○地暗星錦豹子楊林○地軸星轟天雷凌振○地會星神算子蔣敬○地佐星小溫侯呂方○地祐星賽仁貴郭盛○地靈星神醫安道全○地獸星紫髯伯皋甫端○地微星矮脚虎王英○地慧星一丈青扈三娘○地暴星喪門神鮑旭○地燃星混世魔王樊瑞○地猖星毛頭星孔明○地狂星獨火星孔亮○地飛星八臂那吒項充○地走星飛天大聖李袞○地巧星玉臂匠金大堅○地明星鐵笛仙馬麟○地進星出洞蛟童威

宋江引衆人看石碑

○地退星翻江蜃童猛○地滿星玉旛竿孟康○地遂星通臂猿侯健○地周星跳澗虎陳達○地隱星白花蛇楊春○地異星白面郎君鄭天壽○地理星九尾龜陶宗旺○地俊星鐵扇子宋清○地樂星鐵叫子樂和○地捷星花項虎龔旺○地速星中箭虎丁得孫○地鎮星小遮攔穆春○地稽星操刀鬼曹正○地魔星雲裏金剛宋萬○地妖星摸着天杜遷○地幽星病大蟲薛永○地伏星金眼彪施恩○地僻星打虎將李忠○地空星小霸王周通○地孤星金錢豹子湯隆○地全星鬼臉兒杜興○地短星出林龍鄒淵○地角星獨角龍鄒潤○地囚星旱地忽律朱貴○地藏星笑面虎朱富○地平星鐵臂膊蔡福○地損星一枝花蔡慶○地奴星催命判官李立○地察星青眼虎李雲○地惡星沒面目焦挺○地醜星石將軍石勇○地數星小尉遲孫新○地陰星母大虫顧大嫂○地刑星菜園子張青○地壯星母夜叉孫二娘○地偷星鼓上蚤時遷○地劣星活閃婆王定六○地健星金毛狗段景住○地帥星郁保四

何道士辨驗天書編寫錄出來讀罷衆人驚訝不已宋江曰鄙猥小吏上應星魁衆多弟兄也

都是一會之人今着上天垂象合當聚義天罡地殺都已分定次序衆頭領各守其位毋得爭執衆人皆曰天地之意誰敢違逆宋江教取黃金五十兩酧謝何道士其餘道衆各與經資打發下山去了有詩爲証

忠義堂前啓道場　敬伸丹悃醮虛皇
精神感得天書降　鳳篆龍章仔細看
月明風冷醮壇深　鸞鶴空中送好音
地殺天罡排姓名　軒昂忠義一生心

宋江取金謝何道士

却說山下有人來報拿得萊州解灯上東京一行人在關外聽候　宋江曰只留下這䠒九華灯在此其餘的仍解去把這灯點在晁天王孝堂內　又曰對衆頭領曰聞知聖上大張灯火與民同樂我今要與幾個兄弟同去看灯　吳用曰不可倘有疎失怎了宋江曰日間店裡藏身夜入城看灯何足慮哉　衆人聽下回分解

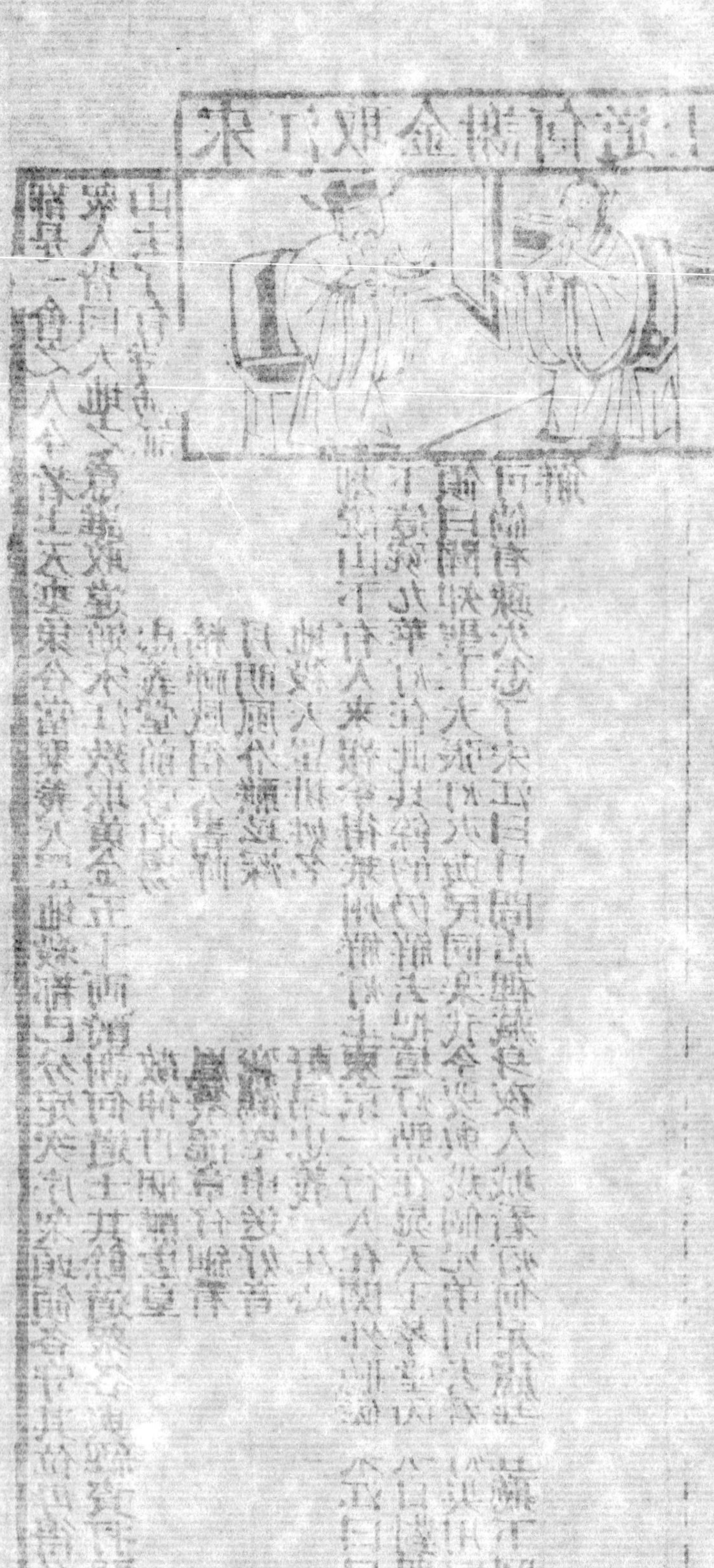

宋江分路前往東京

○第六十七回　柴進簪花入禁院　李逵元夜鬧東京

聖主憂民詐四凶　冒籍簪花入禁中
縱橫到處無人敵　李逵元夜鬧皇宮

宋江與柴進一路史進與穆弘一路魯智深與武松一路朱仝與劉唐一路其
餘守寨李逵曰我也同去宋江曰你去不許惹事教燕青和你作伴宋江是個
紋面的人如何去得京師却得安道全上山把毒藥與他點去了後用良金美
玉碾末每日調搽自然消了當日教朱仝劉唐史進穆弘扮作客魯智深武松
扮作行脚僧依次下山去了宋江柴進扮作閑事官戴宗扮作承局倘有緩急
好來飛報眾頭領起行來到東京城外尋店安歇時正月十一日宋江謂柴進
曰等十四日夜人物喧譁方可入城柴進曰小弟明日和燕青去探路一遭宋
江曰最好次日柴進與燕青打扮入城只見家家熱鬧戶戶喧譁慶賞元宵但
見　一州名汴　伏號開封　逶迤接吳楚之邦　延亘連齊魯之地　王
堯九讓華夷　太宗一遷基業　元宵景致　鰲山排萬盞華燈　夜月樓臺　鳳輦降三山
瓊島　十萬里魚龍變化之鄉　四百座軍州輻輳之地　坐香車佳人士女　蕩金鞭公子
王孫　天街上畫列珠璣　小巷內遍盈羅綺　靄靄祥雲籠紫閣　融融瑞氣罩樓臺

柴進燕青粧扮入城

柴進燕青行到天街轉過東華門外見個紫衣花帽之人在酒肆裡坐柴進燕青上酒樓凭欄看
時望見班直人等多從內裡出入幞頭邊各簪翠葉花一朵柴進喚燕青附耳低言如此燕青下
樓出店迎着個老成的班直喏燕青曰東人叫小人請公莫非張觀察麼那人曰我自姓王燕青
隨口應曰正是王觀察那人跟着燕青來到樓下柴進邀到閣裡各施禮畢王
班直曰在下眼慢失忘足下柴進便曰小弟與足下童稚之交兄長思之便教
酒保安排餚饌燕青斟酒相勸酒至半酣柴進問曰觀察頭上帶這朵翠花何
意王班直曰今上慶賀元宵我們內外共有二十四人每人各賜衣襖一領翠
葉金花一朵小金牌一個與民同樂四字每日在此聽使如有金花錦袍便能
勾入內裡去柴進聽罷便教燕青去鏇熱酒來柴進遞過杯酒王班直接過酒
來一飲而盡忽然口角流涎倒在橙上柴進剝下王班直身上錦襖皂靴穿上
錦襖帶了花帽手拏執事分付燕青曰酒保來問時只說這觀察醉了柴進離
了酒店直入東華門內那內庭並不阻當直到紫宸殿轉過文德殿各有金鎖
又轉過凝暉殿到　個偏殿牌書睿思殿三字此是官家看書之處入內有時
見正面鋪着御座兩邊几案上放文房四寶正面屏風畫着山河社稷之圖轉
過屏風後見御書四大寇姓名
山東宋江　淮西王慶　河北田虎　江南方臘
柴進看了忖曰國家被我們擾害寫記在此便把山東宋江四字刻將下來出離內苑同到酒樓

宋公明等入城看燈

那王班直尚未醒依舊換了衣服叫燕青計筭酒錢分付酒保曰我和王觀察是兄弟他酒醉了我替他去內裡點名回來他的服色花帽都在這里酒保領諾柴進燕青離店去了王班直醒来見了服色花帽酒保說與王班直似醉如痴回去次日人說睿思殿上不見山東宋江四字分付緊把各門王班直情知是了那里敢說柴進回到店中對宋江取出御書大寇宋江四字宋江看罷嘆息不已十四日晚宋江引衆入城看燈草道東京勝槩

一自梁王　初分晉地　雙魚正照豬門　卧牛城闕　相拷城遊村　名
少金明陳迹　上林苑　花發三春　楊柳外　溶溶沐水　千里接延津　御
潘樊樓上酒　九重宮殿　鳳闕天開　東華門外　笙歌聲嘹堪聞　御
路上　公卿宰相天街畔　帝子王孫　堪圖畫山河社稷　千古汴京尊

當日黃昏宋江柴進扮作閑涼官戴宗扮作承局燕青扮作小閑只留李逵守店三個入城遍玩六街三市轉過小街衚見一家門外懸青布幙裡掛斑竹簾兩邊都是碧紗窗外掛兩面牌牌上寫道歌舞神仙女風流花月魁宋江見了便入茶坊裡吃茶問茶博士曰前面角妓是誰家茶博士曰這是上廳行首喚做李師師間壁便是趙元奴家宋江便與燕青附耳低言曰我要見李師師暗裡取事你先去通他燕青領諾到李師師門首揭起班竹簾轉入中門燕青咳嗽一声只見嬭嬛出来燕青曰相煩請出媽媽来有話說梅香報知轉出李媽媽来燕青納頭便拜李媽媽曰小哥高姓燕青曰老娘忘了小人是張乙的兒子張閑從小在外今日方歸虔婆曰你莫不是太平橋下

燕青求訪李師師

小張閑麼燕青曰正是虔婆曰你去那里許多時燕青曰小人如今伏侍個山東客人江南河北第一個財主來此做買賣今夜玩賞元宵要與娘子同席一飲百兩金銀相送那虔婆好利之人聽得燕青這話忙教李師師出来與燕青相見端的有沉魚落雁之容閉月羞花之貌燕青納頭便拜有詩為証

少年声價冠青樓　玉貌花顏世罕儔
萬乘當時垂睿眷　何怕士壯不低頭

虔婆說與李師師道那員外在那里請過寒舍拜茶燕青到茶坊裡耳邊道了消息戴宗取錢還了茶博士三人跟着宋江逕到李師師家坐定李師師向前動問曰適間張閑多談盛德今蒙寵臨蓬蓽生輝宋江曰山僻村野得睹花容平生幸甚李師師又問這位官人是誰宋江曰此是同伴葉巡檢李師師曰眼疎少實奉茶待罷忽好子来報聖駕已到後面李師師曰今日不敢相留來日駕去上清宮必然不來却請列位到舍少敘宋江三人相辭出來柴進曰今上兩個俵子雖然見了李師師還去趙元奴家走一遭四人來到趙元奴家趙婆出来應曰女兒患病起来不得宋江曰如此却再求見趙婆相送出門四人散往天漢橋來看鰲山從樊樓前過聽得樓上笙簧盈耳燈火凝眸宋江柴進竟上樓來尋個閣子坐下教取酒餚賞燈只聽得隔壁閣子內有人歌云

英雄事業未曾酬　手提三尺龍泉劍
不斬奸邪誓不休　浩氣冲天貫斗牛

宋江聽得遂來看時却是史進穆弘在閣子內吃酒口出狂言宋江近前喝曰你這兩個唬殺我

史進穆弘酒樓作歌

也若是做公的聽得道衣不小快還錢酒出城去四入拂袖下樓囘店敲門李逵睜眼睜開對宋江曰教我看房悶殺我也宋江曰為你貌醜不好帶你入城李逵呼曰不帶我去何須推故宋江曰明日十五同你入去看連夜便同李逵大寨次日正是上元佳節天色晴明古人有絳都春詞单道元宵景致

融和初報年瑞靄　霽色皇都春早　翠幰來去勤爭馳　絳霄樓上　彤芝蓋底　仰瞻天表　縹緲風傳帝樂　慶殿共賞群仙同到　迤邐天香飄散滿人間　閒嬉笑　一點星毬小　漸隱隱鳴稍聲杳　遊人月下歸來　洞天未曉

當夜宋江與柴進戴宗燕青李逵逕入萬壽門來是夜雖元夜各門軍都是戎裝羅衙得甚是嚴整高太尉自引五千鐵騎軍在城上巡警宋江等五個在人叢裡挨到城中先喚燕青附耳低言燕青逕往李師師家扣門李媽媽出來接見燕青曰至入教小人先送黃金百兩與娘子權當人事隨後別有罕物奉上虔婆見了百兩金子便曰今日上元佳節我母子整辦筵若是員外不棄寒家少敘片時燕青曰小人去請來同到茶坊說與宋江隨即都到李師師家宋江教戴宗同李逵只在門前等三個人入到裡面李師師接見拜謝曰員外識荆之初何故以厚禮見賜宋江曰微物小意不勞致謝李師師請入閣兒裡分賓主坐定妳子捧出珍異餚饌擺一春臺李師師執盞向前拜曰妾身夙世有緣今日幸遇二公草草杯饌以奉長者宋江曰在下村節雖有貫伯浮財罕遇花魁今見一面如登天府何勞親賜酒食心不自安李

李妓設宴宋江柴進

師師曰員外獎譽太過賤妾何敢當此都勸罷酒教妳子將小金盃巡篩但李師師說些街市俏話若是柴進回答燕青在傍和鬨取笑宋江飲着酒叫揎拳裸袖把出梁山泊手段來柴進笑曰我表兄從來飲酒如此娘子勿笑李師師曰各人稟性何傷于禮嬭嬛說曰門前兩個伴當一個生得怕人喃喃訥訥地罵宋江曰與我喚他入來戴宗引李逵到閣子前李逵見宋江柴進與李師師對坐飲酒睜圓怪眼看他三個李師師問曰這漢是誰恰似廟裡把門的小鬼衆人都笑宋江曰這是親眷李師師教取賞鍾各與三鍾燕青怕他出言語就打發他出來宋江曰大丈夫飲酒何飲小盃便取賞鍾連飲數鍾李師師低唱蘇東坡大江西水調詞宋江乘興索紙筆來對李師帥曰不才乱道一辭聊訴懷中鬱結花魁尊聽宋江落筆宣成占樂府詞一首

天南地北　問乾坤　何處可容狂客　借得山東烟水寨　來買鳳城春色　翠袖圍　絳綃籠雪　一笑千金值　神仙体態　薄倖如何消得　想蘆葉灘頭　蓼花汀畔　皓月空凝碧　六六雁行連八九　只等金鷄消息　義胆包天　忠肝盖地　四海無人識　離愁萬種　醉鄉一夜頭白

寫罷遞與李師師看了不曉其意只見妳子來報聖駕從地道中來至後門李師師忙曰不能陪侍万乞恕罪自來後門接駕宋江等卻在暗處張見李師師拜在駕前天子頭戴軟紗唐巾身穿滾龍袍說曰寡人今日幸上清宮方回教太子在宣德樓賜万民御酒令御弟在于步廊買市約

下楊太尉久等不至寡人自來受卿近前與朕敘話有詩為証

鐵鎖星橋爛不收　翠華深夜幸青樓　六宮多少如花女　却與娼淫賤質遊

李逵怒打太尉放火

宋江曰今回錯過後難逢何不就此告一道招安赦書有何不可柴進曰不可便是應允了後來也有翻變三個正商議間李逵見了宋江柴進和婦人吃酒却教他看門一肚怒氣適見楊太尉入見李逵喝曰你這廝是誰敢在這里李逵也不回答提起交椅望楊太尉劈臉打來楊太尉推手不及打番在地戴宗便來救時那里攔當得住李逵便扯下壁上畫來就在燈上點着放起火來一面將棹椅打粉碎宋江等聽得趕出來看時李逵正在那里行兇四個打出門外去時李逵街上奪條棍子打出小御街宋江見他性起只得和柴進戴宗出城恐閉禁門教燕青看守他隣舍人皆見李師師家火起一面救火扶起楊太尉城中大喊高太尉聽得帶領軍馬便來追趕李逵正打之間撞着穆弘史進各執鎗棒帮助打到城邊把門軍士急待閉門外而魯智深武松朱仝刘唐殺入城來救出四個高太尉單馬趕出城外八個頭領不見宋江柴進戴宗正在心慌原來吳用尅時定日差下五虎將領馬軍一千騎是夜到東京城外等接正逢着宋江柴進戴宗就于馬隨後八人也到只不見李逵高太尉軍馬冲將出來五虎將關勝林冲呼延灼董平奔到城邊喝曰梁山泊好漢在此高太尉聽得忙教放下吊橋衆軍上城隄防宋江喚燕青分付曰你和李逵最好可畧等他隨後同來我和衆將先回去燕青在人家屋簷下立着看時只見李逵從店裡取了行李拿着雙斧独自一個奔去東京城泡正是声吼巨雷離店肆手提大斧劈城門且聽下回分解

○第六十八回

黑旋風殺黄小二　四柳村除奸斬淫婦

狐籍虎威事不誣　奸欺暗室古誰無　只知行劫為良策　翻笑經營是畏途　狄女懷中誅偽鬼　牛頭山裡殺兇徒　李逵救得良大女　直是梁山大丈夫

燕青李逵逃離東京

李逵要去戲鬧被燕青抱住和李逵從陳留縣走到天明燕青店市買酒吃了趲行次日東京城裡好場熱閙高太尉會同樞密院問議啓奏調兵勦捕李逵燕青行到四柳村大晚到大庄院去借歇狄太公出來迎接見李逵繞着了髻面貌又醜問燕青曰這位那里師父燕青笑曰這師父是個蹊蹺人太公聽罷便拜曰師父可救小弟李逵曰你要我救你甚事太公曰我有個女兒年二十歳着邪迷了只在房中吃飲人去門他就將磚石亂打出來麼請法官治他不得李逵曰我是薊州羅真人的徒弟事能捉鬼先要猪羊好酒祭祀將師太公曰猪羊儘有便可安排師父如要紙札書符家中也有李逵曰我不要甚麼符只到家中便揪出鬼來燕青忍笑不住老兒教殺猪羊熟煮了點燭焼香李逵坐在中間妝出大斧砍猪羊大塊批將來吃又叫燕青小乙哥你也來吃燕青冷笑只教討飯來吃李逵吃得飽了飲過七八碗酒太公驚得呆了李逵對太公曰酒又醉肉又飽明日好走路老爺們去睡太公曰

這鬼纔時捉得李逵曰你真個要我捉鬼叫一人引我入房裡去太公曰有神道在房中拿磚石乱打出来誰人收去李逵拔双斧在手曰教人點着火把遠照着李逵到房中門外張時只見房內隱隱有燈兒個後生摟着個婦人在那里說話一腳踢開房門斧到火光遊散那後生被李逵一

狄太公拜李逵捉鬼

斧砍死那婦人鑽入床下躲了李逵曰婆娘快走出来婆娘叫曰你饒我命恰纔鑽出個頭来被李逵揪住問曰我殺的這廝是誰婆娘曰是我姦夫王小二李逵又問曰磚有飯食那里得来婆娘曰我把金銀與他半夜從墻上運来李逵曰你這個腌臢婆娘要你何用一斧砍下頭来把兩個尸乱剁一回却提人頭叫出廳前来撇下人頭滿庄人都来看時認得男子人頭是東村王小二太公曰師父我的女兒何在李逵曰你女兒的頭在這裡不是太公哭曰師父你留我女兒也好李逵怒曰你女兒自偷漢子還要留他賴我不成你明日不謝我和你說話便同燕青自去歇息太公提灯入房看見兩尸剁做十段太公啼哭教人扛去燒化李逵睡到天明起来對太公曰昨夜替你捉了鬼你如何不謝我太公只得安排酒食相待李逵燕青吃罷二人離了四柳村到寨尚有八十里離荆門鎮不遠當日天晚兩個投所庄院敲門借宿不移時候庄客出来曰我太公煩惱請二位別處去歇李逵只顧入去叫曰客人借宿太公裡面看見李逵兇悪賠地使人出来接待安頓傍房安歇李逵當夜聽得太公太婆裡面啼哭李逵心焦起来問曰你家甚人啼哭攪得老爺睡不着太公出来荅曰我家有個女兒年方一十八歲被人强奪去以此煩惱

李逵曰誰家奪去你女兒太公曰是梁山泊頭領宋江李逵曰他同幾個来太公曰和一個小後生各騎馬来李逵便叫小乙哥俺哥哥原来曰是心非不是好人燕青曰定沒這事李逵対太公曰我便是梁山泊黑旋風這个便是浪子燕青既是宋江奪你女兒我去取来還你太公拜謝郎

李逵怒砍杏黄旗號

待酒飯李逵燕青吃罷連夜學梁山泊来直到忠義堂上宋江問曰兄弟兩個那里去来李逵不荅圓睜怪眼拔出大斧砍倒杏黄旗把替天行道四字扯破衆人大驚宋江曰黑廝又醉了李逵拿斧搶上堂来直取宋江當有秦明關勝呼延灼林冲等慌忙拖住奪了大斧揪下堂来宋江怒曰有何事你且說来李逵氣作一團那里說得燕青向前把上項事說了一遍宋江聽罷便曰這般屈事怎地得知便对李逵曰我二三千軍馬回来兩疋馬落路時怎瞞得衆人若還得一個婦人你去房裡搜看李逵曰山寨裡都是你手下人那里不藏過了我當初敬你是個好漢你原来是个酒色之徒殺之閻婆惜是小様去東京養李師師便是大様你不要賴早早把女兒送還老劉便罷若不還他與你定無干休宋江曰你不要閙讓我與你同去劉太公庄上対証若是我就那里受你綁縛如若不是你這廝當得何罪李逵曰我若是假輪這顆頭宋江便教鉄面孔目裴宣寫了軍令狀各执一張李逵曰這後生想必是柴進柴進曰我便同去李逵曰若到那里对真之時便吃我幾斧柴進曰你先去李逵和燕青依前再到劉太公庄上太公接見問曰此事如何李逵曰如今宋江自来你和太婆庄客都認他若還是時只管实說我自替你做主只見

李逵回寨負荊請罪

庄客報曰有十騎馬来到庄上李逵曰只叫宋江柴進入到草廳上坐下李逵拿着板斧立在側邊只等老兒叫声是便要下手那刘太公近前拜了宋江李逵問老兒這个是奪你女兒的不是那老兒睜開眼看了曰不是宋江对李逵曰你却如何李逵曰你兩个先着眼驄他這老兒不敢説是宋江曰你叫衆庄客都来認我李逵随即叫衆庄客認時齊声叫道不是宋江曰刘太公我便是梁山泊宋江你的女兒多被假名托姓騙將去了你若打聽得来報上山寨我與你取還宋江指着李逵曰悪厮這裡不和你説話你回寨裡自有辨理宋江與柴進等人馬去了燕青門李大哥怎的好李逵曰是我忒性緊錯行此事既輸這顆頭我自割下来你把去献與哥哥便了燕青曰你没来由枉死做甚麼我教你自把麻繩綁了背負一把荊條拜伏在忠義堂前哭曰由哥哥打多少這个唤做負荊請罪李逵曰如此惶恐不如割了頭落得乾淨燕青曰山寨裡都是弟兄誰来笑你李逵只得同燕青回寨負荊請罪宋江正和衆弟兄在堂上説李逵一事只見李逵脫得赤條條負着荊杖跪在堂下低頭無話宋江笑曰我和你賭砍頭你如今却来負荊請罪李逵曰哥哥既是不肯饒我把刀割下頭来衆人都替李逵陪話宋江曰只要我饒他只教他捉得假宋江取得刘太公女兒還他方絶饒他李逵跳將起来曰我去拿来宋江曰他是兩个好漢你獨自一个如何捉得他再教燕青和你同去燕青曰小弟使去房中取了短弩綽條桿棒随李逵再到刘太公庄上燕青細問来情太公曰日平西時来三更去了不知所在二人叫太公

牛頭山逵殺王江等

放心我奉哥哥將令務要我兩个尋將来不敢違悞次日離了庄上到處尋覓無動静當晚兩个在山凹古廟中歇息忽聽得廟外有人走步响李逵開門看時只見一个漢子提把朴刀轉過山嵩上去燕青叫曰李大哥不要赶去我自有道理燕青扯起弩搭上箭射去正中那漢右腿撲地倒了李逵赶上揪到廟中問曰你把刘太公女兒騙在那里去了那漢告曰小人不知此事我只在這里剪徑做些小買賣李逵提起斧来喝曰你不实説砍你做兩叚那漢叫曰放小人起来商量燕青曰我與你拔了這箭放將起来那漢曰小人胡猜離此間西北十五里有座牛頭山山上有个道院兩個强人一個姓王名江一個姓董名海都是绿林中人把道士殺了占住道院下山打劫常假稱宋江想是這兩个擄了燕青曰漢子你休惧怕我便是梁山泊浪子燕青他便是黑旋風李逵你便引我兩個到那裡去那人曰小人願往燕青李逵随着他走到那山看時果似牛頭之形狀至山来天尚未明看那道院周圍土墻李逵跳將過去聽得裡面有人唱声開門處便提朴刀来鬥李逵燕青見了捉着桿棒跳過墻来那引路的漢子走了燕青見這賊正鬥李逵暗打一棒正中那厮臉頰上便倒李逵再加一斧砍番在地裡面不見一个人出来燕青曰這厮必有後路走了我去截住後門不可胡乱入去燕青来到後門只見一个漢子開後門要走燕青赶將過去那漢便走前門李逵當頭迎着一斧砍倒在地李逵入去那件當四散躲避被李逵都殺了来到房中見个女兒在床上啼哭看那女子雲鬢花顔其實貌美

李逵送女還劉太公

宮鞋窄窄剪春羅　香休酥胸與玉窩　麗質難禁風雨驟　不勝幽恨蹙秋波

燕青問曰你是劉太公女兒麼那女答曰奴家正是十數日前被這兩賊擄在這里來每夜輪替姦宿奴家要尋死路不能得勾今日得將軍救拔便是重生父母燕青去尋兩匹馬來收拾財物教那女子上馬將財帛和那兩顆人頭拴在馬上放火燒了道院兩人送女子下山直到劉太公庄上爹娘見了女兒拜謝二人燕青曰你不要謝我你去寨裡謝我哥哥宋公明兩個各騎馬匹飛奔忠義堂上拜見宋江燕青將前事說了宋江教設宴與燕青李逵作賀劉太公收拾金銀來到堂上拜謝宋江不肯受與他酒飯教送下山去了時當三月韶華宋江正坐只見関下解一夥人到有七八个車箱又有兇束哨棒宋江見這夥人都是虎形大漢跪在堂下告曰小人等鳳翔府人氏今上太安州燒香目今三月二十八日天齊聖帝降誕之辰我們都去臺上使棍今年有个撲手好漢乃太原府人氏姓任名原身長一丈自號擎天柱口出大言曰世間無對手兩年曾在廟上爭交白白破他拿去若干財物年年又貼招兒单擲天下人相撲小人等一者燒香二者為看任原本事三者也要偷學他些路好棍伏望大王慈悲放赦下山宋江聽了便教送下山去傳下令曰今後遇有燒香的人休要驚諕任從過往且聽下回分解

○第六十九回○　燕青智撲擎天柱　李逵壽張喬坐衙

罡星飛入東南角　四散奔流遶寰郞　徽宗朝內長英雄　兄弟聚會梁山泊

燕青打破任原粉牌

中有一人名燕青　花綉遍身光閃爍　鳳凰踏碎玉玲瓏　獬豸針穿花錯落
一團俊俏真堪羨　萬種風流誰可學　錦綉社內奪英雄　東岳廟中相賽搏
功成身退避嫌疑　心明機巧無差失　世間無物堪比倫　金風未動蟬先覺

當日燕青稟曰小乙自幼學得武藝不曾逢著對手今日遇此機會小乙要去獻臺上與他比勢倘或贏他與哥哥增彩宋江曰賢弟那人身長一丈你這般瘦小身材怎的近得他盧俊義曰小乙手段不弱任從他去盧俊義自去接應他回宋江問曰幾時可行燕青曰今日三月二十四來日拜辭下山二十六日趕到廟上二十七日店裡將息二十八日與那廝放對宋江置酒與燕青送行扮作山東貨兒挑了貨担辭了衆頭領下山取路望泰安州來天晚尋店安歇聽得有人叫曰小乙哥燕青看時却是李逵燕青曰你趕來怎的李逵曰我見你獨自來不曾对哥哥說知走下山特來幫你燕青對李逵曰和你去無妨到客店時你便不要出來只推有病等那日去廟上看爭交換在稠人中不要大驚小怪當晚兩個投客店安歇次日起來燕青李逵行到日中牌將近廟上傍邊衆人都立定腳在那里看燕青歇下担兒也挨向前看時見兩個紅標柱上立面粉牌寫道太原一撲擎天柱任原傍邊兩行小字道拳打南山猛虎腳踢北海蒼龍燕青便扯匾担將牌打碎便挑担兒望廟上去了看的人飛報任原說今年有劈牌放對伯且說燕青同李逵來尋客店安下睡到三更聽得鼓樂响是與聖帝上壽四更李逵燕青起來吃了早飯李逵

燕青飛上獻臺對敵

曰我帶兩把板木去□門被人看破悮了大事當日兩个雜在人叢裡先到廟下伏了那日燒香的人挨肩疊背充滿嶽廟堂屋脊梁上都是看的人山棚上都是金銀器皿錦綉緞疋門外拴定駿馬知府禁住燒香人等看這當年比勢上臺只見十数對哨棍過来列着四把綉旗任原坐任轎上前後二三十対好漢来到献臺上任原曰我兩年在廟上白白拿了若干利物今年必用脫膊說罷解了搭膊臺上恭了神脫下錦襖百千萬人齊声喝采那部署曰教師兩年在廟上不曾有对手今年第三番了教師有甚言語安覆天下衆香官任原曰四百座軍州七千餘縣香官恭敬帝都助聖帝物来任原兩年白白拿了今年辭了聖帝還鄉再也不来東至日出西至日落誰敢出来和我争利物燕青納着兩遍人肩膊口中叫曰有有從人背上直飛献臺上衆人齊声吶喊那部署問曰漢子你姓甚名誰那里人氏燕青曰我是山東張貨郎特来和他争利物那部署曰性命只在眼前你有保人麼燕青曰死了要誰償命部署曰你且脫膊下来看燕青除下頭巾脫下草鞋赤脚匝裡看官如翻江攪海任原看了他這身花綉急健身材心裡五分怯了臺上太守使人来叫燕青太守見他這身花綉心中大喜問燕青来歷燕青各曰聽得任原擂天下人相撲特来和他争交太守曰前面鞍馬是我出的和物山棚上應有物件我主張分半與你拾拳你在我身边何如燕青曰相公利物不打緊只要攧翻他教衆人恥笑圖声喝采燕青說罷再上献臺要與任原定对部署問他先要文書爲憑不許暗算燕青笑曰我又沒棍棒算他甚麼燕

燕青把任原推下臺

青做一塊兒蹲在右边任原先在左边立個門戶燕青不動撣任原看燕青不動撣看七遍過右边来燕青只瞧他下三面任原暗忖曰這人必来算我下三面我只一脚踢這厮下献臺去有詩爲証

百万人中較藝强　輕生捧命等尋常
試看兩虎相吞噬　必定中間有一傷

任原必来虚將左脚賣个破綻燕青叫声去任原左脇下穿過去任原急轉身又来拿燕青被燕青虚躍一躍又在右脇下攛過去大漢轉身不便脚步乱了燕青搶將入去用右手扭住任原把左手揪任頭將頭頂他胸脯把任原直擎將起来頭重脚輕借力便旋了五旋叫声下去把任原直攛下献臺這一撲喚做鵓鴿旋数萬香官齊声喝采任原徒弟見攧翻師父先把献台拽倒乱搶利物李逵看見拿兩條杉木棍打入有人認得李逵外面做公的大叫曰休教走了李逵太守聽得便從後殿走了廟裡衆人各自奔散李逵看任原跌得昏迷摘塊石板把任原頭打粉碎門外弓箭乱射入来燕青李逵扒上屋去揭瓦乱打廟前喊声大李殺將入来當先盧俊義史進穆弘魯智深武松解珍解宝七個好漢引一千餘人殺應燕青李逵見了從屋脊上跳下来跟着大軍便走又去店裡拿了双斧復去殺人向裡整點官軍追趕那時好漢去了得盧俊義只不見李逵叫穆弘等他同寨李逵提双斧直到壽張縣衙中大叫李逵爺爺到此壽張縣廳得黑旋風李逵五个字那个不怕李逵逕入知縣椅上坐了叫曰公人出来說話不来時便放火房內衆人商量只得着幾个出来跪曰衙□卓庭李逵曰我不□撓縣裡因在這里經過請出

蔡陳二師共議招安

却縣相見兩個去了出來回話曰知縣見兩箇來開後門走了李逵走入後堂來尋却見幞頭衫靴李逵取幞頭帶了把綠袍朝靴穿上拿着槐簡走出廳前大叫都來相見衆人只得上去答应李逵曰教這所候我排衙便去衆人只得聚集公吏人等擎牙杖骨朶打了三通鼓向前声喏李逵大笑曰你衆人也叫兩個來告狀吏人曰頭領在此誰敢告狀李逵曰你着兩個粧做告狀的來我也不傷他只是取笑公吏人等商量教兩個牢子粧廝打的來告狀兩個跪在廳前這個告曰他打了小人那個告曰他罵了小人李逵曰那個是吃打的原告曰小人是吃打的被告曰他罵了小人纔打他李逵曰這個打人的是好漢先放他去這個不長進的吃人打我枷在衙前示衆便起身看枷穆弘撞見叫曰衆人憂你不見都在這里揺着便走李逵只得閃了寿張縣到得寨裡宋江設宴與燕青慶賀只見李逵放下綠襴袍并雙斧揺七擺七至堂前執槐簡來拜宋江兩拜把這綠襴袍踏裂絆倒在地衆人都笑宋江罵曰私自下山但到処便惹禍端今日對衆兄弟說過再不饒你李逵諾七而退却說泰安州并各処州縣申奏宋江等擄擾一事奏知道君皇帝天子云去年元宵此寇鬧了京国今年又往各処擄擾朕遣樞密院進兵不見回奏傍有御史大夫崔靖奏曰臣聞梁山泊上立面大旗上書替天行道四字民心既服不可加兵郎且遼兵犯境若要起兵征伐深為不便以臣愚意若降一封丹詔須賜御酒命一大臣直到梁山泊招安去敵遼兵公私兩便伏乞准奏天子就差殿前太尉陳宗善為使齎丹詔御酒前去招安

且听下回分解

宋江商議迎接詔書

○第七十回　小七倒船偷御酒　李逵扯詔謗朝廷

却說太師府來請陳宗善到府坐下蔡太師曰今上差你去梁山泊招安我叫張叔夜同去你若見不到処就與你提撥陳太尉曰深感恩相厚意辭了太師回到本衙門吏報高殿帥相訪接到廳上坐定高俅曰招安一事若是我在朝之時必然阻住此此賊皆屢辱朝廷罪惡滔天今更赦宥必成後患太尉此去我手下有個虞候姓李能言快語好與太尉提撥事情陳太尉称謝領受而別去了次日蔡太師張幹辦高太尉府李虞候同陳太尉收拾御酒丹詔出新宋門來到濟州太守張叔夜接到府中設宴相待動問招安一節陳太尉說了備細張叔夜曰太尉到那里撫慰他衆人成事是得太尉清名只是他数内有几個性如烈火倘或冲撞了便張幹辦李虞候曰不妨張叔夜曰這兩個是誰陳太尉曰一個是蔡太師幹辦一個是高太尉虞候張叔夜曰這兩個京官陳太尉曰他是蔡高二府心腹不帶他去必然疑心張叔夜曰只怕太尉此行劳而无功張幹辦曰我自有道理張叔夜再不敢言筵罷送別有詩為証

一封丹詔下青云　特地招安水滸中
可羨明机張叔夜　預知難以策奇功

次日濟州使人去梁山泊報知　朝廷差太尉招安賫丹詔到准備迎接宋江大喜教取銀十兩打發報信先回宋江與衆頭領等招安不想今日方成吳用笑曰這番招安看俺等如草芥矣這

陳太尉賫詔書招安

斷引官軍來可以殺之宋江曰你們如此壞了忠義二字林冲曰朝廷詔書上寫讒嚇言語宋江曰你們休要疑心安排接詔先令宋清曹正准備筵席結綵懸花使裴宣蕭讓吕方郭盛下山往備大船迎接吴用密地傳令如此而行陳太尉在途撰列導引入馬上梁山泊指望一塲富貴蕭讓等在半路接着俯伏在地張幹功問曰你那宋江大似皇帝詔到怎不親接這的欺君背太尉可去蕭讓曰自來朝廷不曾有詔到寨未知真實宋江與大小人等都在金沙灘迎接久望太尉寬宥免遭之怒與國家成全好事李虞候曰不成好事也愁你們蕭讓等只得懇請酒與文不肯吃隨即到水邊請太尉下船并隨行從人等先把詔書御酒放在船頭是阮小七監守分撥二十隻健各帶腰刀陳太尉坐在船上昂然而已阮小七把櫓搖動兩边水手齊唱歌起來李虞候罵曰村驢賊人在此个怎敢無禮那水手曰我們唱歌干你甚事李虞候罵曰殺不盡的反賊便把藤條亂打那水手都跳下水裡去了阮小七曰你打水手下水這船如何去得只見上流兩隻快船下來阮小七便去拔了楔叫声船漏水滚上艙來那兩隻船到眾人急救陳太尉過船去了阮小七叫水手來抖了艙裡水去取一瓶御酒來解封口阮小七聞得馨香和瓶連吃四瓶將不瓶御酒分與水手吃了裝上十瓶白酒把原封頭縛了把船飛到宋江等都迎至忠義堂放着御酒詔書陳太尉張幹辦李虞候立在左边蕭讓裴宣宋江點頭只不見李逵宋江等跪在堂上拱听開讀陳太尉取出詔書與蕭讓官賛礼展開詔書讀道

宋江送陳太尉下山

制曰文係安拜武　定国五帝憑禮樂而有封疆三王用征代而定天下事從順逆人有賢愚朕承祖宗之大業開日月之光輝普天率土罔不臣伏近為宋江等嘯聚山林劫掠郡邑本欲用彰天討誠恐勞我生民今差太尉陳宗善前來招安詔書到日即將应有錢粮軍器馬匹船隻目下納官拆毀巢穴率眾赴京捐免本罪倘若仍昧良心違戾詔制天兵一至齠齔不留故茲詔示各宜知悉

宣和二年四月　日示

蕭讓讀罷宋江已下各有怒色只見李逵從梁上跳下來就蕭讓手裡奪過詔書扯破便來揪住陳太尉拽拳便打宋江盧俊義抱住解開李虞候喝曰這廝怎敢大胆李逵揪住李虞候便打喝曰道詔書是誰寫來的張幹辦曰是朝廷聖旨李逵曰你皇帝姓宋我哥哥也姓宋你莫來惱犯黑爺爺把那寫詔官員盡都殺了眾人都來解拆把李逵推下堂去宋江曰太尉休怪且將御酒與眾人沾恩令裴宣取御酒傾在銀瓮內都是村醪白酒眾人都走下堂去魯智深提鉄禪杖罵曰忒欺負人把水酒作御酒哄俺們劉唐挺朴刀殺上來武松穆弘史進一半頭領発作宋江見不是話急將轎馬護送太尉下山過了三關渡口再拜伏罪曰非宋江等无心歸降實是草詔官員不知梁山泊礼数由若得救何好言撫恤我等尽心報国万死不辞乞太尉回京復奏各辭而別陳太尉飛奔州去了宋江回到忠義堂上曰雖然朝廷詔旨不明你們眾人也忒性燥吴用曰哥哥如何怪得衆弟兄発怒朝廷忒不將人為念兄長且休將令准備廝殺後日必有大軍到來殺得他人亡馬到方

宋江送陳太尉下山

陳太尉齎詔書招安

十五卷

濟州太守迎接童貫

剿英雄衆人曰軍師之言極是各歸本帳陳太尉星夜回京見蔡太師備說梁山泊賊寇扯詔毀謗一節蔡京怒曰這夥草寇敢无理隨即請童樞密高楊二太尉來相府商議童樞密曰鼠竊狗偷之徒何足慮哉不才親引軍馬剋日掃清水泊衆官曰來日早朝奏聞當下却散次日蔡京將此事奏知天子天子怒曰前日誰議招撫臣奏曰乃是御史崔靖所言天子敕拿崔靖下大理寺問罪又問蔡京何人可以收勦蔡京奏曰必得樞密院官親率大軍前去勦捕可以取勝即宣樞密使童貫領兵收捕草寇隨即降下聖旨賜與金印兵符拜童貫為大元帥任從各處選調軍馬前去正是千千鐵騎佈滿山川万万戰船平鋪綠水只憑熊虎三千將点起貔貅百万兵听下回分解

○第七十一回　吳加亮佈五方旗　宋公明排八卦陣

却說童貫為統軍大元帥之職調取東京管下八路軍州兵馬都監各起軍一萬听用又御林軍二万守護中軍又調御前大將一員飛龍將軍酆美一員飛虎將軍畢勝號令已定起行接續軍粮並是高太尉差人趲運八路軍馬

睢州兵馬都監段鵬舉　鄭州兵馬都監陳翥
唐州兵馬都監韓天麟　許州兵馬都監李明
陳州兵馬都監吳秉彝　鄧州兵馬都監王義
洳州兵馬都監馬萬里　嵩州兵馬都監周信

大小官員送童貫出城各辭相別童貫統大小三軍各隊伍甚是嚴整行到濟州界太守張叔夜出城迎接大小屯駐城外童貫引輕騎入城至州衙前下馬張叔夜迎入堂上拜罷童貫曰水洼草寇往七勦捕不得吾今率大軍十萬戰將百員刻日要掃清山寨以安天下張叔夜答曰此賊虽伏水泊中間多有智勇之士樞密引軍必用良謀方可成功童貫大怒曰都是你等懦弱貪生怕死以到养成吾今到此有何懼耶張叔夜无語供送酒食已罷童貫出城近泊下寨宋江使人探知與吳用定計迎敵童樞密差段鵬舉為先鋒陳翥為副先鋒吳秉彝為正合後李明為副合後韓天麟王義為左哨馬萬里周信為右哨馬分撥軍馬已定只見有二十個哨馬軍都戴青包巾各穿綠戰襖手執細捍鎗腰佈弓箭一面旗上寫道巡哨虎將没羽箭張清左有龔旺右有丁得孫哨到童貫寨前只隔百餘步勒馬便回探卒報知童貫親自到陣前張清又哨將來童貫欲待追戰左右曰此人錦袋中都是石子不可追赶張清連哨三遭只見山後鼓响轉出五百步軍李逵樊瑞項充李衮直奔前來童貫見了將鞭梢　指大隊軍馬冲突前去李逵步軍分開兩條路提着蛮牌逕奔山脚便走童貫大軍赶出山嘴却見曠野之地就把軍馬按住童貫令中軍立起將臺擺作四門斗底陣七勢纔完听得山後砲响飛出一彪軍將來上將臺看時只

童貫排四門斗底陣

見山東一路軍馬湧來第一隊軍馬都打紅旗第二隊雜旗第三隊青旗第四隊又雜彩旗山西一路人馬湧來第一隊是雜彩旗第二隊白旗第三隊又雜彩旗第四隊皂旗旗後尽黃旗占住中央列成陣勢正南上的人馬都是紅旗紅甲朱纓赤馬旗上金銷南斗六星下銷朱雀之狀紅

旗中間大將但見
盔頂朱纓飄一顆　猩々袍上花千朶　獅蠻帶束紫玉團
後猊甲露黃金鎖　狼牙木棍鐵釘排　龍駒遍体胭脂獸
紅旗招展半天霞　正按南方丙丁火
紅旗上寫着先鋒霹靂火秦明左邊是聖水將單廷珪右邊神火將魏定国勒馬立于陣前東方上人馬都是青旗青甲青袍青馬旗上金銷東斗四星下綉青龙之狀青旗下一員大將但見
藍袍包巾光滿目　翡翠征袍花一簇　鎧甲穿獸吐連環
宝刀閃爍龍吞吐　青驄遍体粉團花　戦袍護身鸚鵡緑
碧雲旗動遠山明　正按東方甲乙木
青旗寫着左軍大刀關勝右是醜郡馬宣贊井木犴郝思文勒馬立陣前西方上人馬都是白旗白袍白馬旗上綉西斗五星下綉白虎之狀旗下一員大將但見
漠々寒雲護太阴　梨花千朶叠層珍　素色罗袍光閃々
爛銀鎧甲冷森々　賽霜駿馬如獅子　丈八長鎗搭緑沉
一簇旗旛飄雪練　正按西方庚辛金
曰旗上寫着右軍豹子頭林冲左是鎮三山黃信右是病尉遲孫立勒馬立于陣前後面人馬尽是皂旗黑甲黑馬黑纓旗上綉北斗七星下綉玄武之狀旗下一員大將但見
皂罗袍穿龍虎体　烏油甲掛豹狼躯　堂々捲地烏雲起　强兵鉄騎勢莫比
鞭似烏龍搭兩條　馬如潑墨行千里　七星旗動玄武搖　正按北方壬癸水

秦明殺死陳翥落馬

官軍箭射泊水漁人

黑旗上綉着合後双鞭呼延灼左是百勝將韓滔右是天目將彭玘勒馬立于陣前正中銷金紅罗金盖下是山東及時雨宋公明全身結束金鞍白馬左是正軍師吳斈究右是副軍師公孫勝勒馬立于陣中監戦五十員牙將都列兩边那童貫在將臺上看了梁山泊兵馬排成九宮八卦陣軍將豪傑壯士英雄驚的來此收捕官軍敗回原來如此利害看了半晌听得宋江陣中擂鼓催戦童貫師令副先鋒陳翥飛馬出陣大罵背逆狂徒天兵到此尚不投降先鋒秦明飛馬出陣兩馬相交鬪了二十餘合秦明手起棍落把陳翥打死于馬下東南門旗影裡虎將董平見秦明得了頭功拍馬撞过陣來童貫見了望中軍便走秦明招動軍馬一齊搶入陣中来捉童貫且听下回分解

〇第七十二回　梁山泊十面埋伏　宋公明兩贏童貫

紅日无光気　紛々戈戟兩边排　征鼙倒海翻江振
鉄騎追風捲地来　四斗五方旗影颭　九宮八卦陣門開
奸雄童貫羅心胆　却似当年大会垓

宋江陣中三隊軍馬殺得童貫人馬敗走三十里吳用傳令收軍勿追衆將回寨分下十面埋伏之計童貫敗了一陣心中憂悶会集衆將商議酆美畢勝曰樞相休憂此寇預先佈下陣勢我軍初到不知虚实因中賊計且將軍馬停歇三日將全部軍馬分作長蛇之陣而進必成大功童貫曰此計大妙傳令整肅三軍至第三日殺奔梁山泊來八路軍馬分作左右哨

泊寇被官將赶上山

馬回報曰前日戰場上並无一個人童貫心疑來到水泊边但見隔水茫乜都是芦葦只見对岸一隻小船乜上一人披簑帶笠挑竿釣魚官軍闘那漁人曰賊在那里漁人不答童貫令放箭射去正中漁人笠上一声响箭落下水裡去了再放一箭射到簑衣上一声响箭也落下水裡去了衆人大驚回馬禀曰兩箭皆射不透不知他穿着甚的童貫再令三百能射的来望着漁人乱射去箭都落下水裡去童貫見射他不死便差会水戰軍人赴水過去那漁人便取撓鈎在手近船來的都打下水去那漁人回轉船頭指童貫罵曰乱国賊臣來這里送命童貫大怒教馬軍放箭那漁人大笑棄了簑笠攛入水去了那漁人是張順簑笠都是熟銅打的箭射不透張順在水底拔出腰刀把五百軍砍截血水滚起童貫看得呆了小校报曰山頂黄旗正在塵動童貫看了令三百鉄甲哨馬分作兩隊去哨看听得山頂炮响兩処哨报伏兵在此鄭美畢勝教軍士休要乱動忽山後又炮响震地飛出一彪軍馬兩員驍將怎生打扮

黄旗擁出乃山中　爍乜金光射碧空
馬似怒濤冲石壁　人如烈火撼天風　劍洞踏藏捕翅虎
宝刀劈破太華宫　鼓声震地森罗殿　鎗林飛出美髯公

朱仝雷横帶領五千人馬殺來鄭美畢勝當先四將各戰到二十餘合不分勝敗朱仝雷横撥馬便走鄭美畢勝拍馬赶來听得山上炮响山頂杏黄旗繞着替天行道四字旗下立着宋江并童貫見了大怒令人馬殺上山來拿宋江大軍人馬分為兩路抑待上山乜頂上金鼓喧天童貫怒

曰吾當自擒這厮鄭美諫曰彼必有計不可親往童貫曰事已到此豈可退兵听得後軍吶喊探子报說正西冲出一彪軍來把後軍截作兩段童貫急回救時東边有一隊人馬殺來一半紅旗一半青旗兩員大將引五千軍馬殺來但見

对乜紅旗間碧袍　争飛軍馬轉山腰
日烘旗幟青龍見　風飄旌旗朱雀搖　兩隊精兵皆勇猛
一双虎將最英豪　秦明手舞狼牙棍　閔勝斜横偃月刀

那紅旗是秦明青旗是閔勝二將喝曰童貫早納下首級童貫大怒令鄭美來戰閔勝畢勝去戰秦明正戰之間朱仝雷横殺來兩下夾攻童貫軍兵大乱鄭美畢勝保着童貫便走剌斜裡又冲出一彪人馬來一半白旗一半黑旗兩員虎將引五千兵截住去路但見

炮似轟雷山石烈　绿林深処显戈矛　素袍兵出銀河涌
玄甲軍來黑氣浮　兩股鞭飛風雨响　一條鎗到鬼神愁
左边大將呼延灼　右边英雄豹子頭

貫親領兵爭戰敗走

那黑旗呼延灼白旗林冲二將齊喝曰奸臣童貫走在那里去殺入軍中来段鵬举接住呼延灼交戰馬万里接着林冲廝殺閗不数合馬万里被林冲一矛刺于馬下段鵬举撥馬便走呼延灼赶來兩軍混戰童貫只教奪路且回前面又冲出一彪步軍來却是魯智深武松殺入陣來殺得童貫人馬四分五落鄭美畢勝保着童貫殺條血路而來又听得解珍解宝引步軍五千殺來却得韓天麟王義併力殺而決心前面一彪軍馬又攔住去

宋江義釋鄷美下山

路却是董平索超拍馬直取童貫王义挺鎗去迎被索超手起一斧砍于馬下韓天麟被董平一鎗搠死鄷美畢勝保童貫奔走四下裡金鼓乱鳴不知何处人馬童貫勒馬上山坡看時四面馬步軍兵一齊殺來童貫正慌間山坡下一簇人馬乃是吳秉李明引残軍救應正欲上坡喊声又起飛过楊志史進截住李明挺鎗來鬪楊志吳秉彜來戰史進四將戰至三十餘合吳秉彜被史進斬于馬下楊志斬了李明童貫與鄷美畢勝在山坡上看見了大驚不敢下坡鄷美曰望見正南大隊官軍旛不倒必有救軍到看時却是周信殺奔山坡边來見了童貫商議曰乘晚殺出重圍鄷美當先童貫在中一齊下殺山坡听得四下叫曰不要走了童貫衆官軍各路殺到四更殺出坡心忽前面一带火把乃是盧俊义楊雄石秀攔住去路喝曰童貫下馬受縛鄷美拍馬舞刀直取俊义兩馬鬪到數合被俊义活捉鄷美过馬畢勝周信段鵬舉你童貫望濟州奔走山坡後又冲出一隊步軍頭目李逵鮑旭項充李袞殺得官軍四分五落而走李逵一斧砍死段鵬舉童貫大敗奔到溪边听得对溪炮响箭如飛蝗射來官軍急上岸胆碎心裂樹林边又轉出一彪軍馬却是張清龔旺丁得孫直冲將來周信便來迎敵被張清飛石打中鼻凹死于馬下童貫畢勝不敢入濟州引敗軍連夜奔投東京去了宋江素怀归順之心不肯尽數追殺鳴金收軍都回山寨請功盧俊义將捉鄷美解到寨來宋江親釋其縛衆將都到堂上是日殺牛宰馬重賞三軍留鄷美在了三日送下山去鄷美大喜宋江曰冒犯威顏伏乞恕罪宋江等本無異心要與國家出力望將軍回京申奏鄷美拜謝不殺之恩下山回京原來用此十面埋伏之計都是吳用佈置殺得童貫心胆皆裂大軍三停折了二停吳用曰童貫回京未知圣上如何復遣戴宗往京打听虛实且听下回分解

俅貫二入入投蔡府

○第七十三回　十節度議收梁山泊　宋公明一敗高太尉

當日戴宗往京刘唐禀曰小弟同去宋江大喜當時兩个收拾下山去了却說童貫畢勝引残兵回東京入城通报與高太尉相見請入後堂坐定童貫把敗軍根由結果八路都監說一遍高太尉曰樞相休要煩惱我和你去禀太師再做道理童貫高俅逕投蔡太師府參見淚下如雨蔡京曰且休煩惱我已知你折兵之事高俅曰賊居水泊非船不能征伐樞相只以馬步軍征勦因此失利蔡京曰你折多軍馬怎敢教圣上得知童貫再拜曰望乞太師遮盖蔡京曰明日只奏暑熱軍士不伏水土权且罷戰回兵高俅曰若得太師肯保奏我親去征勦一鼓可擒蔡京曰若太尉肯去明日便保你為師高俅曰若得圣旨便造船隻水陸併進指日成功蔡京曰這事容易正說間門吏报鄷美回了太師喚進問其緣故鄷美拜罷敍說宋江但是活捉上山的尽数放回不肯殺害因此小將得見鈞顏高俅曰這是賊人詭計今後不点近处軍馬直往山東河北揀選精兵蔡京衆人計議已定各自回府次日早朝蔡京奏曰昨命童貫統率大軍征進梁山泊草寇近因天時炎熱軍士不伏水土权且罷兵而回天子曰似此炎熱不復去矣蔡京引童樞密着於太乙宮待罪別

介人為帥再去征伐乞請聖旨天子曰此寇乃腹心大患不可不除誰與寡人分憂高俅奏曰微臣願效犬馬去勦此賊天子曰既太尉肯去任卿選調軍馬高俅又奏梁山泊方圓八百餘里非使舟船不能得進臣乞聖旨于梁山泊近処採伐樹木督匠造船或用官錢收買民船以為征伐之用天子曰從卿処置高俅又奏只容寬限以圖成功天子命取錦袍金甲賜與高俅擇吉日出師当日朝散高俅與衆京官前者有十節度使多曾與國家建功武藝精熟請發十道劄付文書仰各部所屬兵一万前赴済州諸用那十个節度是誰

高俅奏帝親勦泊賊

河南河北節度使王　煥　上党太原節度使徐　京
京北弘農節度使王文德　潁州汝南節度使梅　展
中山安平節度使張　開　江夏雲凌節度使張　温
雲中雁門節度使韓存保　隴西漢阳節度使李從吉
琅琊彭城節度使顧元鎮　清河天水節度使刘　忠

這十節度使旧日都是綠林叢中出身後受招安得就此職中書省發十道公文調這十路軍馬去了金陵建康府有水軍統制官劉夢龍那人初生之時其母夢見一條黑龍腹感而遂生及至長大喜知水性旧在西川峽江破賊有功陞受都統制部領一万五千水軍守鎮江南高俅取這枝水軍前來听調又差步軍太尉牛邦喜拘刷河道船隻來済州調用高俅帳有兩員名將党世英党世雄兄弟二人見做統制官又去御営內選精兵一万五千通共各処軍馬一十三万諸路差官供送粮草高太尉連日整点軍伍戴宗刘唐打听消息回寨报知宋江聞报大驚與吳用曰仁兄勿憂昔日諸葛武侯用三千兵破曹操八十万軍小生久聞十節度的名多與朝廷建功只是当初死他対手如今一班好弟兄兄長何足慎哉他十路軍來教他吃我一驚宋江曰軍師如何驚他吳用曰他十路軍馬都到済州取齐先令兩个去済州界上先殺他一陣這是报信與高俅知道宋江遂令張清董平各帶一千軍馬前去又撥水軍頭領伴倫泊子裡奪船調撥已定却說高俅先撥御林軍馬出城又選教坊司歌児舞女三十餘人隨軍消遣吉日祭旗發程大小官員都在長亭餞別高戎装披掛騎一疋金鞍戰馬俅擁在中軍後面許多殿帥統制官軍提轄兵軍馬防禦團練等安軍馬十分齐整擊済州進發于路上縱容軍兵擄掠黎民來到済州有節度使王文德領一路軍馬奔済州來到地名鳳凰坡听得鑼响一彪軍馬当先一將乃是董平唱曰來的那里兵早下馬受縛王文德大怒曰反國草寇怕馬提鎗直取董平董平提双鎗來迎鬪到三十合不分勝敗王文德見贏不得董平分付衆軍直中喊殺过來董平後赶王文德正走之間前面又撞出一彪軍來当先張清大喝休走手起

王文德與董平交戰

一石子打在王文德頭頂上文德伏在馬鞍上奔走兩將追上側首衝出一軍來王文德看時却是江夏節度使楊溫軍馬救應董平張清兩路軍去了王文德與楊溫同入済州太守張叔夜接待各路軍馬数日之間报來高太尉大軍到了十節度迎接入城安歇高太尉傳令交十路軍馬

高俅號令攻打梁山

城外屯北近山下寨砍伐木植撒擄人家門扇搭盖窩鋪十分搔擾高太尉在帥府定論无銀使使用者都中頭陣有銀用者晋在中軍虚功濫報似此奸弊非止一端有詩為証

无銀疲卒当頭陣　用倖精強殿後兵　正法廢来真可嘆　貪夫賍吏競紛紛

不数日刘夢龍戦舡到来見高俅便喚十節度使商議王煥等稟曰太尉先令馬步軍去探路引賊出戦然後却調水路戦舡去勦賊巢令其兩下不能相顧賊可破矣高太尉從之即撥王煥徐京爲前部王文德梅展爲合后張開楊温為右軍韓存保李從吉為左軍顧元鎮刘忠為前后救応使党世雄引三千精兵協助刘夢龍水軍船隻得令各整齊交鋒次日平明高俅親自出城水陸並進望梁山泊来且說董平報請回寨說知宋江與頭領統率大軍下山見官兵到前軍駐住陣脚先鋒王煥出陣使一條長鎗馬上大叫无端草寇認得大將王煥麼宋江出馬曰王節度你年纪高大恐有差悞枉了一生清名王煥便罵你這颏面俗吏安敢抵拒天兵挺鎗殺来宋江馬後林冲出陣兩馬相交戦到二十合不分勝敗兩边鳴金各归本陣只見節度使刘忠馬上欠身稟太尉曰小將願决一戦高太尉便使刘忠出戦宋江馬後呼延灼来迎刘忠使一口大桿刀二將交鋒約鬪二十合呼延灼隔过大刀一鞭打死刘忠于馬下高俅見折一个節度使急差顧元鎮拍馬出陣宋江背後董平出戦兩个鬪不到十合顧元鎮勒馬望陣而走董平拍馬赶来顧元鎮拈弓搭箭沓回射来正中董平右臂棄鎗而走顧元鎮赶来呼延灼林冲兩騎殺出救

呼延灼打死刘節度

樹直趕到水边泊却調人去接應隻且説[illegible]和世雄駕舟望梁山泊来正行之間只听得山坡上炮响芦葦裡埋伏小船合中断後船前後不應刘夢龍和党世雄急回船時浅港内都用小船装載草木填塞断了那舡欒竟搖不動衆軍棄船下水刘夢龍赴过水岸党世雄教水軍尋港汊深処搖去只見三隻小舡是阮氏三雄各挺蓼葉鎗殺近前来党世雄立在船頭與阮小二交鋒阮小五阮小七逼近身来党世雄見不是跳下水去只見水底下鑽起張横来把頭揪住提上岸来高太尉見舡隻都被梁山泊收去船上縛的都是刘夢龍水軍傳令收兵比及要退听得四下里火炮齊响不知幾路軍馬殺来畢竟高俅怎的脱身且听下回分解

十五卷終

新刻全像忠義水滸傳第十六卷

高太尉令請聞煥章

○第七十四回　劉唐放火燒戰舡　宋江兩敗高太尉

軟弱安身之本　剛强惹禍之胎　无争死競是夫才　腊我些兒何碍　鈍斧錘磚易碎　快刀劈水难開　但看髮白齒牙衰　惟有舌根不坏

却說高太尉急救衆将奪路而走原来梁山泊只把号炮四下施放却无伏兵嚇得高太尉心驚胆裂連夜奔回済州計点步軍折陥不多水軍折其大半戦舡死一隻回来刘夢龍逊㑹得回高太尉屯駐軍馬候牛邦喜拘刷戦舡到訟進兵宋江先送蓋平上山俻安道全調治衆頭領都上山水軍頭領張横解党世雄到忠义堂上請功宋江教且押去後寨軟監将奪到舡隻收入水寨再說高太尉公集諸将商議上党节度使徐京稟曰小将少年遊歷江湖典一人交遊深通韜畧善曉兵机姓聞名煥章見在東京城外安仁村教学若得此人来為参謀可敵吳用詭計高太尉便差牙将賫段疋鞍馬星夜回京敦請聞煥章前来参賛軍机発遣去了城外报来宋江軍馬直到城下搦戦高太尉大怒出城迎敵呼延灼立馬陣前高俅看見駡曰你這統連环馬背反的賊誰去当先雲中节度使韓存保出馬善使一枝方天戟兩个交馬戦到五十餘合呼延灼尭陣便走韓存保趕上呼延灼勒回馬兩个又閗数

呼延灼韓存保大戰

合呼延灼分開方天戟又走存保大叫快下馬投降呼延灼回馬兩个在溪邊又閗了三十餘合韓存保一戟望呼延灼脇下搠来呼延灼一鞭望韓存保心前打去兩人各把身軀一閃兩舡軍器都從脇下搠来呼延灼挾住韓存保存保扭住延灼二人在馬上你扯我拽連人和馬都拽下水去了那兩疋馬跑上岸来兩个在溪裡滚都沒有軍器只把空拳在水裡厮打岸上一彪軍馬赶到為頭的是張清衆人下水活捉了韓存保去尋那馬疋并軍器典呼延灼上馬把韓存保背綁在馬上一齊都奔谷口前面一彪軍来尋存保兩軍恰好当住為頭兩員节度使是梅展張開見馬上縛着韓存保梅展大怒舞三尖刀直取張清交馬不到三合張清便走梅展赶来張清回身一石子正中梅展額角鮮血迸流張清急回馬却被張開一箭射中馬眼那馬便倒張清跳在一边挺着鎗便来步戦張清只有飛石子的手段鎗法却謾張開救了梅展再挺鎗来張開這條鎗神出鬼沒張清遮攔不住拖鎗便走張開奪得韓存保回来忽喊声大举谷口兩彪軍到是秦明關勝張開只得保梅展走了兩路軍殺入又奪了韓存保掩擊官軍退回済州只將韓存保觧上山寨來宋江見縛到韓存保来喝退軍士親觧其縛就請上党世雄相見宋江曰二位将軍切勿相疑宋江等並无異心若得赦罪招安情願典国家出力韓存保曰前者陳太尉賫詔勅加何不乘机会宋江曰朝廷詔書寫得不明因此衆兄弟心皆不伏韓存保曰中間无好人維持侯国家大事宋江設宴欵待次日具備鞍馬送下山来回見高太尉說宋江放回之事高俅曰

宋江放存保党世雄

有何面目見吾推云斬訖王煥等官跪下告曰非干二人之罪乃是宋江吳用之謀若斬此二人反被賊人恥笑众人苦告方饒性命削去官職發回東京太乙宮听罪韓存保是韓忠彥姪兒忠彥乃是国老太师朝廷官員多有出他門下今有个門館教授姓鄭名居忠見任御史大夫韓存保把上件事告訴他居忠帶存保来見尚書余深同說此事余深曰要禀知太师方可回奏二人来見蔡京曰前者如此无礼难以招安余尚書曰前番招安皆為使者不佈朝廷德意專說利害以此不能成事蔡京方允来日早朝天子升殿蔡京奏住再降詔勅令人招安天子曰見今高太尉使人来請聞煥章為恭謀就命此人為使前去如肯来降悉免本罪如初不伏勅高休進兵勅抑蔡太师寫成草詔一面取聞煥章赴京收拾起行有詩為証

教李先生最有才　天書特地召將來
展開說地談天口　便使恩光被草莱

却說高休正在濟州煩惱門吏報曰牛邦喜到喚入拜罷問曰舡隻何如邦喜禀曰各路拘刷得大小舡共計二千五百餘隻都到河下太尉傳令把舡都於入瀾港每三隻一排上用板鋪舡尾用鉄鎖定軍士上舡已訓練半月之久却說吳用喚刘唐受計聚水軍頭領准備小舡二艙裡装載芦草乾柴灹着硫黄焰硝燄炭振于高山上放炮為号又于水边樹木叢雜之処都縛旌旗鳴金擊鼓火炮虛屯人馬請公孫勝作法借風旱路分三隊軍馬救应分撥已定却說高太尉催水路統軍牛邦喜與刘夢龙党世英水陸並

公孫勝作法捉夢龍

進殺奔梁山泊来水路舡隻直入水泊深処只見兩隻漁舡有两个人拍手大笑刘夢龙叫放箭乱射漁人都跳下水底刘夢龙催動戰舡漸近金沙灘柳眀中一声炮响鼓角齊鳴左边閃出秦明右边冲出呼延灼各帶五百軍馬截出水边牛邦喜便教後舡且退山頂上連珠炮响芦葦中颼颼有声却是公孫勝披髮仗劍在山上祭風須更白浪掀天黑雲罩地紅日无光狂風大作刘唐点着火把烈焰飛天前後戰舡一齊燒着刘夢龙見滿港戰舡都着只得跳下水裡逃命撞着童威童猛李俊看見便鑽入水捉上舡来牛邦喜却被張横匹頭揪住捉了殺得水面屍浮遂滤濺波心党世英迎回李俊捉刘夢龙張横捉牛邦喜欲解上山又恐救了他乃斬首上山高休引軍来策应見軍都從水裡逃命回說被火燒舡高休心慌急引軍回時山前冲出一彪軍當先索超拍馬搶来王煥挺鎗来迎鬪上五合索超便走高休引軍追赶背後林冲殺来高休便走楊志赶来又殺一陣朱仝又赶殺一陣這是吳用使遣赶之計見前面又攔截背後又赶殺因此太尉被赶得慌飛奔濟州入城已三更楊雄石秀埋伏下五百步軍放火驚得太尉魂不附体点軍折其大半次日高休正悶探報天使到高休出迎并聞煥章說招安一事同進帥府商議太尉忠忖若不招安連折兩番待要招安又恙回京主意不定這濟州有个老吏叫王瑾平生心毒人都呼為剜心王却是太守張叔夜撥在所用見高休不决跪下禀曰貴人不必沉吟詔書上道是除宋江府後又并大小人众所犯过悪並與赦免明日開讀時却分作兩句讀將除宋江做一

王瑾見高俅觧招安

句廣役父人小人衆所犯过悪並與赦免男作一句讀他入城殺了宋江則蛇无頭而不行矣不知貴意何如高俅大喜即陞王瑾為帥府長史便與開叅謀計議聞煥章諫曰只可依正埋而行不可行詭計倘宋江以下有人識破番変起来深為未便高俅不听聞煥章之言使人往梁山泊令宋江等前来濟州城不听詔未知何如

遠奉丹書云大邦　諄〻天詔欲招降
高俅輕信奸人語　要搆阴謀殺宋江

宋江正與吳用等商議忽小校报曰朝廷遣天使招安宋江令衆頭領都去听詔吳用曰恐有詭計即令李逵樊瑞鮑旭項充李衮領步軍一千埋伏在濟州西路再令扈三娘一丈娉孫二娘王矮虎孫新張清領軍馬一千埋伏濟州東路听連珠炮响一齊接应分調已定衆頭領都下山留水軍頭領守寨只因高俅不听聞煥章之言正是只因一紙君王詔惹起全班壯士心且听下回分觧

○第七十五回　張順鑿漏海鰍舡　宋江三敗高太尉

足坤日月如梭　万死千生如瞬息只因政化多乖違奮劍揮戈動日梁山義士直英豪矢心忠义沖雲霄朝廷遣將非仁义致令壯士費功劳高俅不奉朝廷意衮谷萦心竟妖魅詔書違戾害萌心済州黎庶肝塗地仁存方寸不在多机関万種將如何九重天遠豈知得紛〻殺海與干戈

却說高太尉傳令將各路軍馬收入城中北門上立黃旗一面上書天詔二字宋江當日先差張

宋江等赴濟州听詔

清引五百哨馬到濟州城边轉了一遭望北去了高俅自臨城上大帳麾蓋前設香案宋江軍馬已到在馬上欠身與太尉声諾太尉使人叫曰朝廷招安汝等如何披甲前来宋江使戴宗至城下回覆曰不知詔意如何因此未去介胄望太尉周全乞喚在城百姓一同听詔那時承恩卸甲太尉云令喚着老百姓都上城听詔宋江看見成上百姓方纔向前喝鼓一通衆將下馬鳴鼓二通衆將步行到城下拱手共听城上開讀詔書天使讀曰

制曰人之本心初无二端囯之恒道俱是一理作善則為良民造悪則為逆党此非正命深可憫焉朕聞梁山泊聚衆已久未蒙善化不復良心今差天使頒降詔書除宋江盧俊义等大小人衆所犯过悪並與赦免其為首者詣京謝恩協隨從者各歸鄉里毋違朕意以負汝怀嗚呼速沾雨露以遂去非自正之方毋佀雷霆当效革故鼎新之意故茲詔示各宜知悉

当时吳用正听讀到除宋江三字以目視花榮花榮大叫既不赦僮肯〻我井投降則甚搭上箭望着開詔使者一箭射中面門衆好漢一齊乱箭射去四門突云軍馬來宋江一夯上馬走官軍赶来只見後軍炮响東有李逵西有扈三娘殺来官軍急退宋江等回身殺到三面夾攻官軍大乱殺死不計其数宋江收軍自回梁山泊去太尉表奏朝廷說宋江射死天使不伏招安外寫密書與蔡太師童樞密楊太尉教奏天子星夜発軍前来助敵却說蔡太師逕奏天子天子聞奏降勅教諸路各助軍馬並听高太尉調遣又于御营前撥二將一个是八十万禁軍教頭兼官帶左義衛親軍指揮使護駕將

高俅令人整造戰船

孫新張清火燒戰船

軍丘岳一个是八十万副教頭官带右詨衛親軍指揮使車騎將軍周昂二將領着選壯軍次日云城往済州進発且說高太尉使人砍伐大樹就済州城外監造戰船一面榜招募水軍済州一人姓葉名春原是泗州人氏善会造船因过梁山泊被刼流落在済州知高太尉造船遂献戰船樣来稟曰前者恩相以船征進皆不得法難以用武若收此寇必造大船数百泉大者名為海鰍船兩边置二十四部水車船上可容数百人毎边用十二人踏動外用遮護以避箭矢船上造弩楼敲梆子响水軍一齊用力踏動其船如飛若遇敵軍船上伏弩齊発他將何物抵当其第二等船名為小海鰍船兩边只用十二部水車船中可容百人前後都釘長釘前面亦立弩楼這船却行小港当住伏兵若依此計指日成功高太尉看了圖様大喜便教葉春監造戰船都作頭限日要成交納示各府州縣如若違悞依軍令処斬各処百姓死者極多有詩為証

井蛙小見豈知天　可恨高俅听諂言
畢竟鰍船难取勝　傷財劳众枉徒然

是时各処添撥水軍陸續都到済州所謂又丘岳周昂軍到太尉慰劳已畢却說宋江與吴用曰兩次招安都傷了天使朝廷必又添兵来征伐忽探卒報曰高俅招募水軍教葉春造大小海鰍船数百隻東京又遣一將前来助戰宋江曰似此大船飛遊水面如可破得吴用笑曰只消几个水軍頭領便了料造這大船必数旬方成可教一两个兄弟去那造船廠裡先惱他一遭宋江遂計喚張清孫新扮作民夫雜在廠裡去却教時迁段景住掠

应众人得令下山行事却說張清孫新到城下雜在人叢裡也去搬木頭搬廠裡去入到裡面投做飯柵下去縣孫二娘顧大嫂各提着飯罐隨着一般送飯的婦人入去約二更时分孫新張清在左边放火顧大嫂孫二娘在右边放火兩下火起匠人民夫各自逃生高太尉正睡間忽听報曰船廠裡火起郎差丘岳周昂各引本部軍兵出城救火不多时城楼上又火起高太尉自引軍上城救火时又報西草場内又火起照耀如同白日丘周二將引軍去西草場中救火时只听喊声連天却是張清引五百驃騎先在埋伏看見軍来救应便殺將来正迎着丘岳周昂軍馬張清大喝曰梁山泊好漢在此丘岳舞刀来迎張清一石子打去丘岳翻身落馬周昂死戰救丘岳去了却見王煥徐京揚温李從吉四路軍到張清引軍而回官軍恐有伏兵不敢來追天色已明高太尉教看丘岳中傷打落四齒令医療治一面教節度使四边下寨早晚防備却說張清孫新时迁段景住回寨說知宋江大喜是日葉春造船已完高太尉催趲水軍上船演習葉春請太尉并節度使着船把海鰍船二百餘隻分布水面操演鼓响处兩边一齊踏動水車端的似星飛電走高太尉看了大喜教取金銀賞賜葉春等匠人家丘岳瘡口已痊衆節度使請高俅致祭水神祀畢教原带来歌兒舞女令上船作樂侍宴教軍健串船演習那走終夕不散一連三日筵宴不開船忽報梁山泊有人貼詩一首于済州城下揭得在此呈上詩曰

生擒楊戩典高俅　掃蕩中原四百州
便有海鰍船万隻　俱来泊内一齊休

高太尉有詩大怒遂撥軍遣將陸路周昂王煥領兵來應項元鎮張溫領軍一万直至梁山泊大路厮殺原來梁山泊四面八方都是野水只有山前大路是宋公明新開的高俅分節馬軍截住路口其餘都跟上船征進聞參謀諫曰王師只可臨陸路進發不可親犯險地高太尉曰前番不至其地以致失險今造大船豈不親督如何擒賊不听聞參謀之言遂撥三十号大海鰍船先鋒丘岳并徐京梅展撥五十隻小海鰍船令楊溫王瑾葉春在前船頭上立兩面大綉旗上書兩行金字道攪海翻江衝白浪安邦定国滅洪妖高太尉聞參謀引着歌兒舞女自守中軍令王文德李從吉在后船壓陣

歌兒舞女船中作樂

此是十一月中俱望梁山泊來宋江吳用已知預先排佈已定只見一隊船來迎敵船上插白旗寫曰阮氏三雄先鋒便教前船將火箭火炮一齊打放那三阮發声喊齊跳下水丘岳等奪了空船行不数里又見三隻快船搖來中央是孟康左童威右童猛丘岳又教放火箭發声喊三个又跳下水去丘岳等又捉得空船再行三里又見三隻船來船上一面紅旗上寫着混江龍李俊左張橫右張順高声大叫曰承送紅來到泊裡都跳下水去此是暮冬天气官船上水軍那敢下水只听得梁山泊山頂上号炮連响蘆葦裡鑽出小船千隻來大海鰍船要撞時水軍却踏不動原來水底下却用水植都填塞了車板放箭時个个頂着板遮護逼將攏來混戰高太尉聞參謀在中軍船上軍士喊曰船底漏水將沉四下小船如蚁望大船边來是水底背破船底滚入水來高俅扒去艙樓上忽水底下一人走上船來說道太尉我救你高

張順解高俅忠義堂

俅不認得這人却是張順近前一手揪住高俅丟下水去時嘹架海擎天柱番作生擒救命人

攻戰鰍船事已定　高俅人馬竟无功
朝廷奏內勤王將　却被生擒水滸中

傷迹兩隻小船飛來捉太尉上船去前船丘岳被楊林一刀砍下水去徐京梅展見殺了丘岳兩个奔來殺楊林又鑽出鄭天寿薛永李忠曹正一齊殺両將梅展　鎗搠番宋江盧俊又各分兵水陸進攻宋江掌水路盧俊又掌旱路引軍馬大路殺両典先鋒周昂王煥相迎鬬將鬬到二十餘合听得一声喊起東南関勝秦明西南林冲呼延灼四下殺來項元鎮張開周昂王煥不敢恋戰奪路逃入濟州城中再說宋江水路捉了高俅聞煥章并歌兒舞女一应尽掠过船鳴金收軍解投上寨張順解到高俅宋江慌忙下堂扶住便取新衣與高俅換了扶上堂來納頭便拜口称死罪高俅慌忙答禮拜罷隨後童威童猛解到徐京李俊張橫解到王文德楊雄石秀解到楊溫三阮解到李從吉鄭天寿薛永李忠曹正解到梅展楊林獻元岳首級李雲湯隆杜興獻葉春王瑾首級解珍解寶擒捉聞煥章并歌兒舞女一应都從見了只周昂王煥項元鎮張開宋江都叫換衣請到忠義堂列坐但是活捉的軍士尽数放回濟州大設筵宴宋江把盞曰紋面小吏安敢反逆圣朝奈沾天恩中間奸弊難以屡陳望乞太尉救拔得瞻天日尚以厚報高俅曰你等放心高某回朝必当奏請降赦前來招安宋江大喜拜謝大小頭領殷勤相劝高太尉回答不覺放开狂蕩自言我自幼学得一身相撲天下无对盧俊又却也醉了指着燕青曰吾此弟也

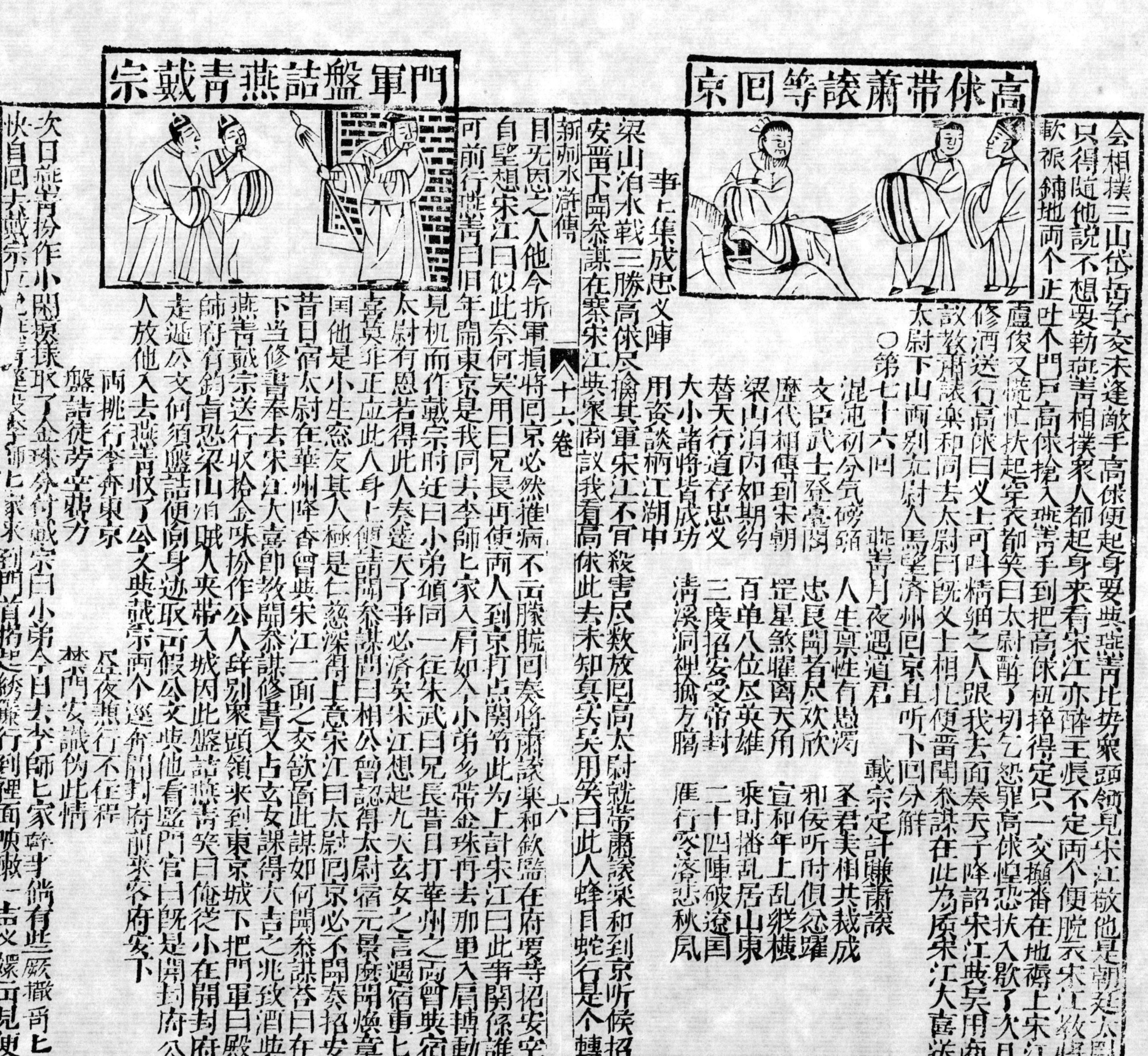

高俅帶蕭讓等回京

会相撲三山公岳爭交未逢敵手高俅便起身要與燕青比势衆頭領見宋江敬他是朝廷太尉只得隨他說不想要勒燕青相撲衆人都起身来看宋江亦醉王猿不定两个便脫衣宋江教將歡裩鋪地两个正吐个門戶高俅搶入燕青手到把高俅扭捽得定只一交攧番在地褥上宋江盧俊又慌忙扶起穿衣都笑曰太尉醉了切乞恕罪高俅惶恐扶入歇了次日修酒送行高俅曰义士可叫精細之人跟我去面奏天子降詔宋江與吳用商議教蕭讓樂和同去太尉曰既义士相托便留聞參謀在此為質宋江大喜送太尉下山两别宋太尉人馬望濟州回京且听下回分解

○第七十六回　燕青月夜遇道君　戴宗定計賺蕭讓

混沌初分気磅礴　人生禀性有愚濁　圣君美相共裁成
文臣武士登臺閣　忠良鬭者尽欢欣　邪佞听时俱怨躍
歷代相傳到宋朝　掟星煞耀臨天角　宣和年上乱縱横
梁山泊内如期約　百单八位尽英雄　乘时播乱居山東
替天行道存忠义　三度招安受帝封　二十四陣破遼国
大小諸將皆成功　清溪洞裡擒方臘　匡行零落悲秋風
事七集成忠义陣　用資談柄江湖中

梁山泊水戰三勝高俅尽擒其軍宋江不肯殺害尽数放回高太尉就帶蕭讓樂和到京听候招安留下聞參謀在寨宋江與衆商議我看高俅此去未知真实吳用笑曰此人蜂目蛇行是个轉

目无恩之人他今折軍損將回京必然推病不言朦朧回奏將蕭讓樂和欽監在府要尋招安空自望想宋江曰似此奈何吳用曰兄長再使两人到京打点關節此为上計宋江曰此事關係誰可前行燕青曰旧年鬧東京是我同去李師七家入肩如今小弟多帶金珠再去那里入肩轉動見机而作戴宗時廷曰小弟須同一往朱武曰兄長昔日打華州之時曾與宿太尉有恩若得此人奏達天子事必濟矣宋江想起九天玄女之言遇宿重七喜莫非正应此人身上便請聞參謀問曰相公曾認得太尉宿元景麼聞煥章曰他是小生窗友其人極是仁慈深得上意宋江曰太尉回京必不問奏招安昔日宿太尉在華州降香曾與宋江一面之交欲爲此謀如何聞參謀答曰在下当修書奉去宋江大喜即教聞參謀修書又占玄女課得大吉之兆致酒與燕青戴宗送行收拾金珠扮作公人辞别衆頭領来到東京城下把門軍曰殿帥府有鈞旨恐梁山泊賊人夾帶入城因此盤詰燕青笑曰俺從小在開封府走遞公文何須盤詰便向身边取云假公文與他看監門官曰既是開封府公人放他入去燕青收了公文與戴宗两个逕奔開封府前来客府安下

两挑行李奔東京　星夜兼行不住程
盤詰徒勞空費力　禁門安識偽此情

門軍盤詰燕青戴宗

次日燕青扮作小閑擬揉取了金珠分付戴宗曰小弟今日去李師七家幹事倘有些厥撒哥七快自回去戴宗[illegible]燕青逕投李師七家来到門首揭起[illegible]綉簾行到裡面咳嗽一声丫嬛出見便

燕青師師吹唱飲酒

傳典李媽〻云来看覷燕青吃了一驚問曰你如何又来我家燕青拜罷曰特来拜謁娘子自有
話說李媽〻曰前番多被連累有話便說燕青曰請娘子相見方纔說得李師〻在屏風後听了
轉將出来別是一般風韻但見　容貌似海棠滋曉露　腰肢如楊柳裊東風
渾疑閬苑瓊姬　絶勝桂宮仙姊　又有詩曰
動来王指纖〻軟　芳容麗質更妖嬈　鳳眼半彎藏琥珀
秋水精神瑞雪標　猩唇一点紅桃露　行処金蓮步〻嬌
白玉生香花解語　千金良夜更難消
當下李師〻輕移蓮步款蹙湘裙行到客位燕青忙整衣冠典李師〻礼拜已
畢李師〻曰前者驚得我安身无処你当初瞞我說是張閑那两个是山東客
人弄出大事不是我巧言奏过官家時却不滿門遭誅未知前日来者是誰你
須实說燕青曰小弟說与娘子休驚前番来那黑矮為頭坐的正是宋江第二位
便是柴進是柴世宗嫡派玄孫其外的是戴宗李逵小弟是北京大名府人氏
人呼做浪子燕青当初俺哥〻来東京求見娘子尊顏非圖買笑久聞娘子遭
際天子以此特来告訴衷曲望將替天行道之心上達天听早得招安不想驚
嚇娘子今俺哥〻无可拜送聊將微物奉敬望乞笑留燕青道罷打開帕子攤在桌上都是金珠
宝貝器皿那虔婆愛財一見便喜忙教收拾过了便請燕青進小閣兒内坐定安排酒饌李師〻
親自相陪師〻曰久聞義王大名奈缘无人典你等作成因此屈沉水泊燕青招安事說了一番

新刻水滸傳　〈十六卷　七

燕青見帝歌唱詞曲

李師〻曰我尽知了且開怀暢飲几杯酒至半酣這師〻見燕青人物風雅却似甜言撩撥引誘
風情燕青是伶俐之人如何不省得只怕悞共大事那里敢惹李師〻承曰聞知哥〻諸般樂藝
願聞見教燕青答　八畧知得些怎敢在娘子跟前亮弄李師〻曰我便先吹一曲奉劝喚义
娘耳过一管鳳簫来李師〻吹動端的穿雲裂石之声
王簫吹出鳳凰声　俊俏烟花有情
燕青亦是心伶俐　一曲穿雲透太清
燕青听了喝采不已李師〻遞过簫来與燕青燕青要師〻欢喜接过簫来便
吹一曲李師〻听了喜不自勝取过檀板撥唱清音妙詞一首燕青相和果太然
是玉珮齐鳴黄鶯双囀李師〻执盃親典燕青奉慇懃放出妖嬈声来惹燕青
唯喏而巳李師〻笑曰聞哥〻好身花綉願求一覌燕青笑曰小人賎体怎敢
在娘子跟前揎衣裸体李師〻再三要看燕青只得脫膊下来李師〻看見青
爱将手来摸他身上燕青慌忙穿衣李師〻再典燕青把盞又将言語調他燕
青恐怕弄假成真心生一討動問娘子今年貴慎李師〻答曰今年二十七歲
燕青曰小子今年二十五既蒙娘子錯爱顛拜为如〻便納頭拜了四拜這是
燕青鎖定那婦人一点邪心中間好幹大事李師〻曰小哥只在我家安歇燕青曰既蒙錯爱囘
店中去取行李便来李師〻曰我這里專望燕青別了李師〻逕到客店中把前事对戴宗曰如
此最好只恐兄弟心猿意馬拴縛不定燕青曰好漢処也因为酒色失其大事此典禽獸何異戴

宗曰乘此机会你当速去善覷方便早幹了事便回燕青收拾一包零碎金銀再回李師師家将一半散與全家大小无一个不欢喜都叫叔叔收拾一間房與燕青安歇至夜静时入傳報天子今晚到来燕青听得便去拜告李師師曰姐姐做个方便今夜教小弟得見圣顔告的一紙御笔

道君皇帝親赦燕青

赦書愛吾姐姐之恵李師師曰今晚教你見天子一面白有下落看看月色朦朧花香馥郁蘭麝芬芳只見道君皇帝引着一个小黄門扮作白衣秀士從地道中逕到李師師家後門来到閣子裡坐下輝煌灯燭李師師整肅衣冠前来接駕拜舞已畢天子命去冠裳小衣相侍寡人李師師承旨去其冠服迎駕入房擺設異品餚饌奉盃上劝天子大喜教愛卿同榻並坐李師師見天子欢喜奏曰賤人有个姑舅兄弟從小流落在外今晚纔归要見圣上未敢擅便天子曰既是你兄弟便宣来見寡人何妨遂喚燕青直到房内面見天子燕青便稱山呼天子見燕青人物先有顧愛之心李師師教燕青吹簫伏侍圣上飲酒又叫燕青唱曲燕青再拜奏曰臣所記之曲死非是淫詞艷曲惟恐獲罪天子曰寡人私行妓館正要所時興艷曲卿只顧唱来燕青借过家板輕開喉嚨唱漁家傲一曲道是

一别梁山音信杳百種相思腸断何时了燕子不来花又老一春瘦的腰兒小薄倖郎君何时到暗想当初叫要相逢好着我好夢欲成还又破绿窗但聼莺声曉

燕青唱罢好似黄鹂弄巧声韻悠揚天子甚喜命教再唱燕青拜伏奏曰臣粗謳俗調恐不足圣听天子曰取樂而已何妨之有燕青又唱套減字木蘭花一曲道是

听哀告听哀告賤軀流落誰知道誰知道極天罔地罪悪难分顛倒有人提出火坑中肝胆常存忠孝常存忠孝有朝須把大恩人报

燕青遞書投見太尉

燕青唱罢天子失驚問曰卿何故有此曲燕青大哭拜于地下奏曰臣有迷天之罪不敢奏上天子曰赦汝无罪燕青奏曰臣自幼流落山東路経梁山泊过被掠上山住了三年今日方得脫身走回京師虽見姐姐誠恐被人拿捉难以分說李師師曰望陛下作主天子笑曰你既是李行首兄弟誰敢拿你燕青以目視李師師師李師師撒嬌撒痴奏天子曰望陛下親賜一道赦書他纔放心天子曰又无御宝在此如何写得師師曰陛下親書御笔便强似御宝天子允奏命取文房奎笔問燕青姓名燕青曰臣喚作燕青天子便御書一道神霄王府真主宣和羽士虚靖道君皇帝时赦燕青本身一應无罪諸司不許拿問下面押个御書花字燕青叩首受命李師師師亦謝恩了天子便問汝在梁山泊三年必知那里備細燕青曰宋江這夥旗上大書替天行道堂立忠义为主不敢侵占州府不敢擾害良民只是早望招安與国家出力天子乃曰寡人前者两番降詔遣人招安如何抗拒不降燕青曰頭一番招安詔書上並无抚恤招諭之言更兼換了御酒因此变了事情第二次招安故把詔書讀破除宋江何因此又激变了童樞密引兵到只一陣殺得片不回高太尉征進軍馬三停折了二停自已亦彼活捉上山許了招安方纔放回却留聞恭

燕青請虞侯到茶肆

叅謀在彼质当时天子听罢嘆曰寡人怎知此事童貫回朝奏說軍士不伏暑热权且罢兵高俅回奏曰病患不能征進李師七奏曰陛下身居九重却被奸臣作弊天子嗟嘆不已因夜更深燕青收了赦書叩頭謝恩自去歇息天子與師七同寢 此夜宫車暗出遊 青楼深处樂綢繆 当筵得誘龍章字 遂使英雄志願酬

当夜五更内侍黄門接駕去了燕青起来逕到店中对戴宗說却兩个打点金珠取出聞叅謀書逕投宿太尉府中来見太尉門厮燕青直入見太尉問是那里公幹燕青曰小人從山東来有聞叅謀書北上呈太尉看了封皮說道却原来是我同窓的聞煥章折書看曰

太尉恩相鈞座前賤子自髫年时出入門墻已經三十載矣前蒙高殿帥喚至軍前叅謀大事奈缘𢿱諫不從二番敗績言之甚羞高太尉與賤子一同被擄陷于縲絏义士宋公明寛裕仁慈不忍加害則今高殿帥帶領梁山蕭譲樂和赴京欲請招安留賤子在此质当方望恩相金言早晚于天子前題奏早降招安之典俾令义士宋公明等早得沾恩释罪建功立業非特国家之幸甚实天下之幸甚也立功名于万古見义勇于千年救取賤子实頌再生之賜拂楮拳七幸乖照察不勝激切之至

宿太尉看書大驚問曰你是何人燕青答曰小人是梁山泊燕青昔日太尉在華州降香时多曾伏侍恩相便向身边取过金珠奉上曰宋公明上献此微物聊表寸心只望太尉于天子前題奏招安則梁山泊之众皆感大恩宿太尉听罢收了金珠教燕青且退燕青和戴宗回店中商議曰

樂和蕭譲盤墻而走

這兩件事完美只有蕭譲樂和在高太尉府中怎生得出戴宗曰我和你依前扮作公人去太尉府前伺候賺得一个通了消息便有計校兩人逕投太平橋来只見高府裡一个虞侯出来燕青便向前與他施礼曰請幹辦到茶坊中說話兩人入茶坊裡與戴宗相見同坐吃茶燕青曰实不瞞幹辦說前日太尉從梁山泊来帶得兩个人一个叫做樂和與我這哥七是親眷要求他一面相央幹辦引他来一会就送這錠銀子與足下那人便曰這兩人在太尉後花園中宿歇我引来與你相見那人便起身分付曰你兩个只在這里等我逕入府去了有詩为証 相府深沉未許開 一时計策便安排 燕青当下傳消息 引出蛟龍出海来

少时只見那虞侯慌忙出来曰叫出在耳房了燕青就把銀子與他虞侯便引燕青耳房裡見樂和曰我同戴宗在此定計賺你兩人出来樂和曰高太尉直把我們恭在後花園中墻垣又高如何能勾出来燕青曰靠墻有樹麽樂和曰傍墻有大柳樹今夜只听咳嗽为号我在外面抛入兩條索子你就柳樹上把索子縛了我二人在墻外把索子扳緊你兩个就從索子上盤將出来四更为期不可失约那虞侯曰你兩人只管說甚麽倘人撞見不便樂和只得入去暗通蕭譲燕青與戴宗說知就街上買二條粗索藏在身边先去高太尉府後看了落脚处原来府後是條河七边却有二隻空船纜着兩个潛入船裡伏了看七更楼已打四更兩个便来咳嗽只听得墻内咳嗽燕

青便把索子抛将過去約蕭讓裡面拴係牢了二人在外拽定索頭只見樂和先撥出　隨後請
讓两个都滑下来四人趁天未明回店敲開店門打火做飯吃了筭還店錢等開城門一涌而出望梁
山泊回報消息且听下回分解

天子登殿童貫奏事

○第七十七回　梁山泊分金大買市　宋江全夥受招安

燕青心胆堅如鉄　外貌風流却異常　花柳叢中逢妓女
洞房深処遇君王　只因姓字題金榜　致使皇恩降玉章
持本御書丹詔去　英雄從此作忠良

却說高太尉府中從人次日送飯與蕭讓樂和吃房中不見二人來花园中見柳樹上縛着两條粗索已知走了只得報知高俅听了越添愁悶只在府中推病不出次日天子陞殿受百官朝賀但見

星斗依稀玉漏残　鏗鏘环珮列千官　露凝仙掌金盤冷
月映瑶空玉闕寒　禁柳綠連青鎖闥　宮桃紅壓碧欄杆
皇風清穆乾坤泰　千載君臣際遇难

当日天子駕坐文德殿文武俱各班齊天子命近臣宣樞密使童貫出班問曰去歲統軍征進梁山泊勝負如何童貫奏曰臣旧歲統軍征取正值暑熱軍兵患病权且罷兵次後降詔此賊不伏招安天子喝曰都是汝等奸佞之臣瞞着寡人去歲引兵去討定用无回次後高俅自己遭擒宋江不殺放回寡人体訪得明宋江等不掠良民只待招安汝等不体朕意害国

家大事本欲拿問看汝先建功績权恕這遭再犯定行処治童貫驚得汗流浹背退立一傍天子宣翰林李士與寡人親修丹詔前去招撫宋江等圣宣未罷殿前太尉宿元景出班奏曰臣虽不才願賫詔往天子大喜曰御笔親書丹詔近臣捧过御宝寫訖又命庫官取金牌三十六面銀牌七十二面紅錦三十六疋綠錦七十二疋皇封御酒一百单八瓶尽付宿太尉又贈金字招安御旗一面限日就行宿太尉拜辞出朝正是鳳凰御禁裡啣出紫泥書　封恩詔出朝房看詩为証

共喜怀柔迈漢唐　珍重使臣宣帝澤　全看水滸尽来降

宋江金謝太守不受

且說宿太尉賫送御酒金銀牌面段疋之物打起御賜金字黄旗众官相送出城投濟州進発却說戴宗燕青蕭讓樂和四人連夜到山寨把上件事說與宋公明知燕青取出皇帝御笔赦書與众人看吳用曰此回必有佳音宋江大喜不数日忽报說朝廷差宿太尉親賫丹詔前来招安不日到也宋江听罢忙傳将令分撥人員從梁山泊直抵濟州地面扎縛起二十四処臺棚上面交結綵懸花下面陳設笙簫鼓樂於各棚去処迎接詔勅每一座山棚上撥一个小頭目監造准備筵宴且說宿太尉一行人馬迤邐到濟州太守張叔夜出郭迎接入城館驛中安下宿太尉曰天子近聞梁山泊以忠[illegible]言不侵州郡今差不官賫到御笔親書丹詔勅賜金銀牌面錦段御酒來此招安張叔夜曰[illegible]若家招安必存忠义報国矣宿太尉曰煩太守往山寨报知張叔夜答曰願往隨即帶了[illegible]城逕投梁山泊來早有小頭目接着

忠義堂衆頭領聽詔

報知寨裡宋江慌忙下山迎接到忠义堂上礼畢張叔夜曰恭喜朝廷特差殿前宿太尉賫御筆親書丹詔前来招安現到濟州城內义士可以准備迎接詔旨宋江欲留張叔夜曰太尉專等回報改日再会宋江令托西金銀相送張太守笑曰其非为此而来决然不受宋江曰微物勿卻張叔夜曰多謝义士厚意且寄大寨事完之後卻来請領道太守可謂廉以律己者也

夫良太守来傳信　便把黃金作餞行
因該岂时尊义士　一潭秋月見分明

宋江便差吳用朱武蕭讓樂和四个跟隨張太守下山徑濟州迎接直到館驛中恭見太尉拜罷太尉問其姓氏吳用荅曰小人吳用在下朱武蕭讓樂和奉兄長宋江之命特来迎接恩相約定後日众人离寨三十里外相迎宿太尉大喜曰下官知汝兄弟素怀忠义只被奸臣閉塞目今天子悉已知之勅命下官賫丹詔特来招安汝等勿疑吳用等拜謝張叔夜一面設宴款待第三日裝起香車三座將御酒金艮牌面紅绿錦段各一処扛抬在亭內安置詔書宿太尉上馬隨在亭後太守張叔夜吳用等各乘馬隨後前面打着金字御賜黃旗行了濟州未及十里迎着山棚宿太尉見上面結綵懸花下面笙簫鼓樂迎道迎接一路如此再行十数里望見香烟馥道宋江盧俊义等伏道相迎恩詔一至迎至水泊有千百隻舡一齐搖將过去直至金沙滩上岸三關之下鼓樂喧天直至忠义堂前下馬在亭香車抬放忠义堂上將御書丹詔安放几案上金艮牌面紅绿錦段并御酒排于左右桌上宋江盧俊义等

梁山泊宴待宿太尉

請太尉太守上堂設座右边立着蕭讓右边立着裴宣燕青宋江等都跪在堂前裴宣喝拜蕭讓讀詔

朕自即位以来用仁义以治天下行礼樂以安海內公賞罰以定干戈求夫之心未尝少忘愛民之政犹恐未洽博施济众欲與天地均同体道行仁咸使黎民蒙庇遐迩赤子悉知朕意切念宋江盧俊义等常怀忠义不施暴虐归順之心已久报效之志凜然虽犯罪恶各有所由察其情懇深可憫焉朕特差殿前太尉宿元景賫奉詔書親到梁山水泊將宋江等大小人所犯罪恶尽行赦免給賜金牌三十六面紅錦三十六疋賜與宋江等以上頭領銀牌七十二面绿錦七十二疋賜與宋江等次之頭目赦書到日莫負朕心早早归降必当重用故茲詔敕想宜知悉

宣和四年春二月　日詔示

蕭讓讀罷詔書宋江等謝恩畢宿太尉教取过金艮牌面段錦令裴宣照名給散教開御酒抬着金盃斟过酒来对众頭領曰下官奉君命賫御酒到此命賜众位誠恐义士見疑下官先飲过此盃众頭領称謝不已叫斟酒来先劝宋江擎盃跪飲然後一百單八人俱飲一盃宋江教收过御酒卻請太尉中坐众頭領拜伏謝恩宋江曰小子昔日在西岳得識台顏多感太尉愿恩于天子处力奏救拔銘心刻骨不敢有忘太尉曰下官已知义士等忠义凜然不知衷曲未敢题奏前者得聞恭謙書扎又蒙厚礼方知衷情敢奏

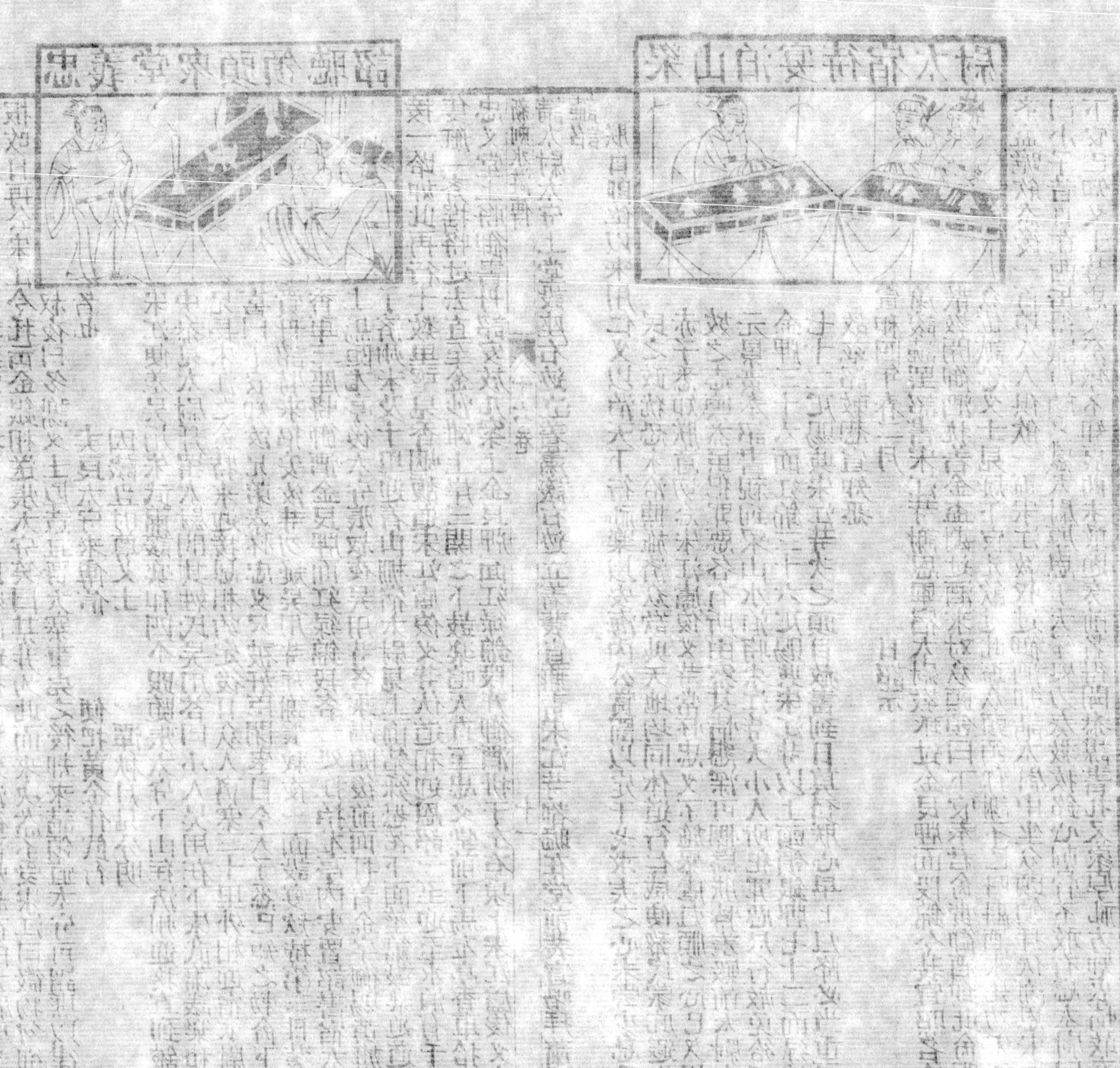

宿太尉辞别回東京

此事不期天子尽知備細重責童樞密深怪高太尉天子御笔親書丹詔特差下官到此撫恤招安望义士收拾朝京休負天子頒恤之意众皆大喜稱謝宋江請聞參謀相見太尉暫歇當日大設筵宴虽无炮鳳烹龙端的肉山酒海堂前鼓樂鳴是日尽欢而次日又排筵宴彼各叙説平生之怀第三日請太尉遊山至暮尽醉而散倏尔已經数日太尉要回宋江等堅留太尉曰英雄归順大义已全若不急回誠恐奸妒别生異議宋江等曰既然如此不敢苦留当日会集大小頭領安排車馬宋江親捧一盤金貝珠玉再拜獻上宿太尉那里肯受宋江再三献上方纳拴束鞍馬准備起程宋江又送祇典聞參謀張太守一同跟宿太尉回京梁山泊大小頭領俱送太尉下山直至三十里外餞行相别宋江执盃对太尉曰恩相回見天顔善言保奏太尉曰义士放心快收拾朝京汝等若到京时可先使人到我府中通报俺先奏聞天子使人持節来迎方表宿某真心宋江曰恩相容禀小子自從上山開創之後已經数年附近居民援害不浅今欲罄竭資財買市十日便当率衆朝京亦望太尉將某衷上達天听以寬限期太尉樂允辞别投濟州而去宋江等回寨聚众頭領曰自從王倫創立山寨以来次晁天王建業如此兴旺我自江州得众兄弟相救到此推我为尊已經数載今喜得朝廷招安重見天日之面早晚要與国家出力圖个封妻蔭子今众兄弟但得府庫之物纳于庫中公用其餘所得之資並從均分我一百八人虽应天星部下軍校也有自來落草的亦有官軍失陷的今我等招安俱赴朝廷汝等各示部下軍校

宋江到京叅見太尉

如願去者作数上名赴京如不願去者就此齎発回鄉宋江号令一下三軍各自願議当下辞去的五千人宋江皆賞錢物発去願随去充軍者作数非宜次日宋江又令蕭讓寫了告示差人四下去貼曉示近鄰州郡鄉鎮报知招請諸人上山買市十日其告示曰

梁山泊义士宋江等謹以大义布告四方昔因哨聚山林多擾四方百姓今日幸蒙天子寬仁特降詔勅赦免本罪招安归降早晚朝覲无以酬謝就本山買市十日倘蒙不外賫價前来以一报十並无虚謬特此告知遠近居民勿辞迟遁各肯光降不勝万幸

蕭讓寫罷告示差人去附近州郡各処遍貼発庫内金珠宝貝綵緞綾罗紗絹還下一分为上国進奉其餘尽行招人買市于三月初三日为始至十三日止但到上買市之人以酒相待至期四方居民雲屯霧集俱至山寨宋江傳令以一齐十俱各欢喜拜謝下山一連十日如此任買市畢号令大小收拾赴京央江便要起送各家老小还籍吴用曰兄長且留众宝眷在山寨待我們朝覲承恩已定那时発遣未遲宋江依其言次日領众頭目并一千軍校离了山寨早到濟州謝了太守張叔夜設宴款待賞劳三軍宋江等辞了太守迳投東京先令戴宗燕青前來宿太尉府中报知太尉見説即入内奏知天子大喜差太尉并御駕指揮使一員持旌旄節越云迎宋江且説宋江軍馬在路擺得猕整前頭打両面紅旗一面上書順天二字一面上書護国二字众頭領都是戎装披掛袍鎧耀日隊伍分明所过鄉鎮雞犬不驚父老人等

天子宣德楼觀宋江

各開門迎望无不喝采一口来到東京城外前来参見宿太尉已畢車馬屯在新曹門外听候圣
旨且說太尉并御駕指揮使同奏天子說宋江等有一百单八人英雄勇猛人不可及見駐扎城
外候旨天子曰朕来日登宣德楼看宋江等众披掛戎装盔甲進城自東过西朕人觀看後令卸
其衣甲都穿所賜錦袍從東華門入就文德殿朝見御駕指揮領旨直至营中
傳圣旨與知次日宋江傳令教鉄面孔目裴宣選彪形大漢五七百人擺列前
面打着金鼓旗旛後面擺着刀鎗中間竪着順天護国二旗各穿本身成装袍
甲擺成隊伍從東廓門入只見東京百姓扶老携幼来看是时天子在宣德楼
上臨軒观看見前面擺列金鼓旗旛鎗刀斧鉞中軍打起順天護国二旗外有
二三十騎馬上随軍鼓樂從众好漢簇〻而行怎見的一百八員英雄朝覲但
見　和風開御道　細雨潤香塵　東方暁日初昇　北闕宋簾半捲　南薰
門外　一百八員义士朝京　宣德楼中　万〻年君王刮目　觧珍觧宝
仗鋼叉相对而行　孔明孔亮执兵器齊眉而过　前列着鄒淵鄒潤次分
着李立李雲　韓滔彭玘逞精神　薛永施恩逞猛烈　单廷珪皂袍閃爍
魏定国紅甲光輝　宣賛緊对郝思文　凌振相随神筭子　蔣信左朝孫
立　歐鵬右向鄧飛　鮑旭樊瑞仗双斜　郭盛吕方持画戟　紗京吏服左手下鉄面孔目
裴宣　烏帽儒衣右手下圣手書生蕭讓　緑輕王勒山東豪傑宋公明　画鐵彫鞍河北英雄
盧俊义　吴加亮綸巾羽扇　公孫勝霍氅道袍　豹子頭與関勝連鞍　呼延灼全秦明共

天子傳旨宋江換袍

騎　花栄相連楊志　索超緊对董平　魯智深烈火袈裟　武行者香皂直裰　柴進與李
应相随趂　楊雄共石秀並肩行　徐寧不离張清　刘唐緊随史進　朱仝與雷横作伴
燕青和戴宗仝行　一李逵居左　穆弘居右　諸阮内阮二内曹　両張行張横居長　陶宗
旺共鄒天寿为双　王矮虎與一丈青作配　項充李衮宋万杜迁　莱园
子相对小尉遲　孫二娘緊随顧大嫂　後面有蔡福蔡慶陳達楊春　前
頭有童威童猛侯健孟康　燕順楊林对〻换肩　穆春曹正双〻接踵
朱貴对連朱富　周通相接李忠　左有王臂匠　石有王笛仙　朱清相
接樂和　焦挺追陪石勇　湯隆共杜興作伴　孫新與龔旺仝行　王定
六面目猙〻　郁保四身軀長大　時迁乖覔　白勝高强　段景住馬上
趂犨　随後有三人壓陣　安道全身披素服　皇甫端胸拂紫髯　神机
朱武在中間馬上随軍盤軟犨　宛如帝释下天宫　渾似海神离洞府
正是夾道万民斉束手　臨軒帝王喜開顔
且說道君皇帝仝百官在宣德楼上看了喜動龍顔與百官曰此輩正英雄也
傳旨教宋江等各换御賜錦衣見帝宋江等向東華門外卸了戎装穿御賜
錦袍摁帶金艮牌面各帶朝天巾幘宋江盧俊义内首吴用公孫勝为次引众頭領從東華門而
入整肅朝仪正是
金殿当頭紫閣重　仙人掌上玉芙蓉　太平天子朝元日　五色雲車駕六龙　皇風清穆

天子傳旨筵宴衆等

藹々氣氳々 屋角当空燕々雲靉靆 微々隠々龍樓鳳閣散滿天香 霏々拂々珠宮貝闕夕映朝霞 文悳殿燦々爛々 未央宮光々彩々 丹青炳々蒼々涼々 日映着玉砌雕欄 晨々英々花簇着皇宮禁苑 笳々鼕々震天鼓擂及三通 鎗々鏑々長樂鐘撞百八下 支々查々叉刀手互相磕撞 播々拽々龍虎旗來往飛騰 帛襦花帽擎着的是圓蓋華傘上下開展 玉笏龍旆駕着的是大輅五輦左右相立 叉金瓜臥金瓜三々兩々 双龍扇単龍扇叠々重々 羣々隊々金鞍馬玉轡馬性貌馴青 双々対々宝匝象駕輅象勇力狰獰 鎮殿將軍長々大々 侍朝薫衛整々齊々 殿門内擺列着糾仪御史官端々正々 叶墀前立站定侍衛錦衣人叢々肅々 金殿上参々差々齊開宝扇 画棟前輕々軟々捲起珠簾 文楪上嘐々哄々報时鷄人同三唱 玉堦下剎々喇々執鞭士靜响三声 齊々楚々侍蝙頭列藩纓有五等之爵 魏々蕩々坐龍床 倚綉褫曬万乘之尊 睛日照開青瑣闥 天风吹下御炉香 千條瑞謁浮金闕 一朶紅雲捧玉皇

当日辰牌时候天子駕陞文悳殿祀仪司官引宋江等入朝拜舞山呼万歳已畢天子勅令宣上文悳殿來照依班次賜爵勅光祿寺筵宴有詩為証

天地形灵万古垂　皇王端拱义臣丹
九重鳳闕開華宴　十載龍墀賜錦衣
盖世功名標竹帛　矢心忠义報宮闈
不是英风奇壯志　珍重詩章足佩韋

新刻水滸傳

樞密院奏害宋江等

且說天子賜宋江等筵宴至暮各簪花一同從西華門出回归本寨次日入朝禮仪官引入文悳殿謝恩天子欲加官爵樞密院官上奏新降之人不可輙便加官爵再待日後征討有功量加官賞見今數万之众逼城下寨甚为不宜陛下可將宋江等軍馬原是京師之將仍还本处外路軍兵分調山東河北屯守此为上計次日天子令御駕指揮使直至宋江營中傳旨众頭領不悦都道我等投降既降不曾見封官爵便要將俺弟兄調開俺等生死相依誓不相捨若是如此我們只回梁山泊去宋江急用好言告求來使善言回奏那指揮回到朝中只得把所言奏聞天子大驚樞密院官奏曰宋江等降朝廷惡性尚不改終貽大患陛下不若傳旨賺入城中將這一百八人尽數勒除然後散他軍馬以絕国家之患天子听罷沉吟未決有一大臣紫袍牙笏唱曰四边狼烟未息中間又起禍乱都是汝等忘家敗国之臣坏了圣朝天下此人只憑立国安邦只來驚天動地人且听下回分解

十六卷終